後宮の偽花妃

国を追われた巫女見習いは宦官になる

七柚カリン Karin Nayu

アルファポリス文庫

https://www.alphapolis.co.jp/

第一章　巫女見習い、追放される

大陸の中央に位置する国、月鈴国《ユーリン》。

その宮殿の一角に、巫女見習いたちが暮らしている。

「今朝も、良い天気だな……」

都にある宮殿内の庭園で、巫女見習いの凛月《リンエ》は空を見上げる。

今日も、朝から庭師に交じって水やりをしていた。

寒い季節が過ぎ去り、暖かい日が続いている。庭師たちが丹精込めて手入れしている花の育ちが良い。

眺めているだけで心が和んだ。

「この子たちは、そろそろ花が咲きそうね」

「あと、二、三日くらいでしょうか。ところで凛月様、そろそろ舞の稽古の時間ではございませんか？」

「まだ、大丈夫。お師匠様がいらっしゃる前に稽古場へ行けば、問題なし！」

う〜んと大きく伸びをすると、つい欠伸が出た。師に見つかれば「巫女見習いともあろう者が、人前ではしたない！」と大目玉を食らうだろう。

さっと口を押さえ、凛月は水やりを続けた。

巫女見習いたちの仕事は、ただ一つ。

国内各地へ出向き、満月の夜に奉納舞を捧げ五穀豊穣《ごこくほうじょう》を祈念すること。

彼女たちの中から一人だけ選ばれる『豊穣の巫女』は、あらゆる植物を掌《つかさど》る豊穣神の化身と言われており、年に一度の中秋節の日には、皇帝陛下の御前で特別な舞を披露する栄誉に与《あずか》るのだ。

「凛月様、『噂をすれば影が差す』といいますよ。ほら、そんなことを仰っていると」

庭師が、庭園の入口へ視線を向ける。

「凛月様！　嶺依《リョウイ》様がお呼びでございます‼」

師の従者が、慌てた様子で駆け込んできた。

しゃりんしゃりんと鈴の音を響かせながら、幼い巫女見習いたちが真剣に舞を舞っている。

裾の長い細身の裳《スカート》に背丈の倍はある領巾《ひれ》を肩から左右に垂らす姿は、いつ見ても愛らしい。凛月は、つい目を細めて眺めてしまう。

凛月も舞の稽古をしているが、幼い巫女見習いたちとは異なる舞だ。領巾《ひれ》は身に着けておらず、全身は黒装束。手には模造刀。

これは豊穣の巫女が中秋節の日に舞う特別な舞の一つ、剣舞である。

「凛月、動きが止まっていますよ！」

振り返ると、険しい表情の『元豊穣の巫女』の姿が。師である嶺依だ。

今朝、散々叱られたばかりなのに、二度もお説教をされてはかなわない。

「そんなことでは、今年の中秋節の舞を任せることはできませんわね」

「申し訳ございません。しかし、わたくしが次の豊穣の巫女に選ばれることはないと思いますが？」

これは謙遜ではなく、凛月の本音だ。

月鈴国の巫女見習いたちは皆、銀髪に菫《すみれ》色の瞳をした美しい容姿。そして、左手の甲に豊穣神《ほうじょう》から加護を授かった証《あかし》である麦の穂を象《かたど》ったような痣《あざ》がある。

しかし、凛月だけは違う。左手に証はあるが、唯一『黒髪・黒目』の巫女見習いなのだ。

「何を言っているのです。あなただって満月の夜には……ですから、皆と変わりはありません！」

なんとも強引な師の理屈に思わず苦笑する。
嶺依が言葉を濁したのは、これ以上は皆の前ではできない話だから。
凛月は、周囲に秘密にしていることが二つある。
一つは、ある日突然見た目が変化したこと。
先日の満月の前日の夜更け、左手に違和感を覚えた凛月は目を覚ました。
手を触ってみるが、特に痛みは感じない。どうやら、気のせいだったようだ。
喉が渇いたので、水を飲もうと起き上がる。月明かりに照らされた白い髪が見えた。
急いで灯りをつけ鏡をのぞき込むと、見知らぬ『銀髪・紫目』の女性と目が合う。
それは凛月だった。
これは夢だと頬を抓《つね》ってみたが痛い。目もすっかり覚めた。
寝る前はたしかに黒髪・黒目だったはずなのに、意味がわからない。
皆と同じ姿になったと喜ぶよりも、凛月は事態が飲み込めず慌てた。
これからどうしようと部屋の中をぐるぐると歩き回り、何気なく月を見上げる。
月明かりの眩しさに手をかざすと——左手の『証』が光を帯びていた。
知らないうちに眠ってしまっていたため、翌朝、恐る恐る鏡で顔を確認する。
姿は元に戻っていた。手の証も前と変化はない。
昨夜起きた出来事をすぐに嶺依へ報告したところ、口外することを禁じられた。

原因を探るために宮殿の書庫で昔の文献などを調べたが、結局何もわからず終い。

あれから数日が経過したが、姿は一度も変化していない。この件を知っているのは師匠の嶺依のみで、他の者には秘匿したまま。

嶺依は「豊穣神様の思し召《おぼめ》し」と言った。巫女としての本来の力が覚醒しつつあるのだと。

いずれにせよ、見目が変化するなど常人の域を超えていることは確か。

来月の満月の日はどうなるのか、凛月は今から戦々恐々としていた。

もう一つの秘密は、八歳の頃に『証』と同時に発現したある能力。これは、嶺依にも内緒にしているものだ。

巫女見習いになった者は皆が持っていると凛月は思っていた。そうではないと気付いたのは、成長してから。

それから十年。誰に打ち明けることもなく、現在に至っている。

「そもそも、神託に髪色など関係ありません！　重要なのは、巫女としての力が強いかどうかですから」

先月、『現豊穣の巫女』の力が弱まったと発表があった。それにより、新たな巫女が神託により選出されることになる。

「いつ神託が下りてもいいように、凛月は真面目に舞の稽古をすること！」

「……はい」

嶺依は、端《はな》から凛月が次の巫女に選ばれるものと決めつけている。姿が変化してからは、その傾向がより強くなった。

しかし、凛月はそうは思わない。

歴代の豊穣の巫女は、嶺依も含め皆が『銀髪・紫目』の容姿をしていた。これまで巫女の神託を受けた人物で銀髪・紫目以外の人物など、凛月だけだ。

少しの間だけしかその姿になれない凛月が万が一にでも巫女に選ばれてしまったら、やっかい事しか起こらない。

なぜなら――

稽古場に、ある人物が現れた。

煌びやかな衣装で現れたのは、唐桜綾《タンヨウリン》。

歳は凛月の一つ上の十九歳。高位官吏の娘だ。

「凛月は、自分が豊穣の巫女に選ばれるとまだ思っているの？　とんだ勘違い女ね」

孤児だった凛月とは違い、桜綾は生粋のお嬢様。そして、何かと凛月を敵視してくる面倒な人物でもある。

「あなたは、髪色も瞳も地味な黒。手の甲の証だって、薄くて貧弱だもの」

桜綾の言う通り、凛月の証は知らなければそれとわからないほど薄い。ある日突然消えていても、誰も気付かないだろう。

しかし、あの日の夜だけは違った。

月明かりに反応し証が光を放っていたなど、口が裂けても言えない。

「桜綾様、恐れながらわたくしは巫女見習いで終わりたく存じます。さすれば、希望の職に就けますので」

たとえ巫女に選ばれなくても、これまでの貢献に対しての俸禄《給金》が出る。その後の職も、希望に沿った形で斡旋してもらえると聞く。

この好条件のために、これまで頑張ってきたと言っても過言ではない。

凜月は、昔から植物を慈しんできた。

さすがに巫女見習いの立場上宮廷で畑仕事はさせてもらえなかったが、暇があれば庭師と一緒に花壇の手入れなどをしていた。

庭園の管理をする。もしくは、作物を育てる。植物に関係した仕事がしたいと、ずっと考えていた。

もし、また中途半端に姿が変わってしまうのであれば、人目に付かない田舎に生涯引きこもっていたい。

のんびり作物を育てながらの自給自足生活も、悪くはない。

凜月のように、次の職を求める者は稀だ。元巫女見習いというだけで、嫁の貰い手は引く手数多《あまた》なのだから。

師も巫女を退いたあとは望まれるまま高位官吏へ嫁ぎ、跡取りを立派に育てあげた。

未亡人となった現在は、後進の指導に情熱を注いでいる。

「ですから、どうかわたくしのことはお気になさらず」

「なんですって！」

桜綾の顔が真っ赤に染まった。

つい本音をぶちまけたところで、彼女を怒らせてしまったのだと気付く。

今回、豊穣の巫女に選ばれた者は皇族との婚姻が決められており、桜綾がそれを一番に望んでいることは皆が知る事実。

それなのに「私は（皇族へ嫁ぐよりも）好きな仕事がしたいから、あなたは私に構わず（早く巫女に選ばれるように）頑張ってね！」と遠回しに言ってしまったのだ。

口は禍《わざわい》の門。

しまった！　と思っても、後の祭り。

「ちょっと、あなた！　元孤児の分際で‼」

扇を手に、桜綾が恐ろしい形相で向かってくる。

歳が近いせいか、凛月は昔から何かと絡まれてきた。

元々の身分が違うのだから放っておいてほしいと、いつも思う。口には出さないが。

ものすごい剣幕に身の危険をひしひしと感じるが、おとなしく扇で打たれる気はさらさらない。

（手元に鍋の蓋でもあれば、武官のように盾にできるのに……）

凛月に武芸の心得はないが、扇を弾くことくらいはできる。しかし、今手にしている模造刀では怪我をさせてしまう可能性がある。

盾の代わりになるような物がないか、辺りを必死に見回す。

そこへ、時機よく官吏がやって来た。

「失礼いたします。先ほど、神託が下りました」

この神託が、その後の自分の人生を左右するものになろうとは。

このときの凛月は、知る由もなかった。


それから数日後、凛月は隣国へ向かう商隊の荷馬車に乗っていた。

隣国で半年に一度開かれる大市場へ出店する商会の一員として、同行している。

神託で次の巫女に選ばれたのは、桜綾だった。

凛月は希望通りのことに喜んだが、その後まさかの展開が待っていた。

これまでの言動が（次期）豊穣の巫女に対する侮辱罪として、国外追放処分となってしまったのだ。

嶺依は「根も葉もない言いがかりだ！」と異議を唱えようとしたが、師へ累が及ぶことを恐れた凛月が必死で止めた。

桜綾がこれまでの個人的な恨みをここで晴らしたのは間違いない。高官である父親の影響力も働いたのだろう。

もう、これ以上桜綾に関わるのが面倒だったのだ。

抗議したところで決定が覆《くつがえ》るわけもないと、凛月は粛々と処分を受け入れた。

同じ国に居れば、これからも嫌がらせを受けることは火を見るよりも明らか。

ならば、ここですっぱり縁を断ち切り、心機一転、他国でやり直そうと考えた。

なぜか皇族への不敬罪でも処罰されるところだったが、皇太后の取り成しでそちらは撤回されたと嶺依からは聞いた。

おかげで、財産は没収されず、俸禄はきちんと受け取ることができ、さらに、隣国で職に就けるよう紹介状まで頂いてしまった。

隣国から月鈴国へ輿入れした皇太后は、あちらの国に知り合いは多い。

嶺依と皇太后は古くからの友人で、その関係で凛月も二回ほどお茶会に招かれたことがある。

女性皇族の頂点に立つ皇太后は、孤児だった凛月に対しても優しく接してくれた。

嶺依は「これくらいしか、凛月の力になれなかった」と嘆いたが、ここまでしてもらった凛月は感謝の言葉しかない。

二人の顔に泥を塗らないよう、隣国で精一杯働こうと決意を新たにしたのだった。

「凛月様、明日には国境を越えます。今夜が、月鈴国で過ごす最後の夜になりますね」

「そうですね」

商会の店主の声を聞き、凛月は宿の部屋から月の出ていない夜空を眺める。

今日は新月だ。

彼の店は都内では一流店として名を馳せる大店で、皇太后が長年贔屓《ひいき》にしてきた。

女の一人旅は危険だからと、ちょうど隣国へ行くこの商隊を紹介された。

店主だけが凛月の事情を把握しており、彼の親類の娘として同行させてもらっている。

「隣国の華霞国《ファーシャ》の都も、月鈴国に負けないくらい立派ですよ」

「それは楽しみです」

十八年間暮らした国を出て行くのに、凛月に悲愴感はまったくない。

どちらかといえば、新たな希望に燃えていると言ってもいいくらいだ。

もう、過去は振り返らない。

前を向くと決めたのだから。


「いらっしゃい！　いらっしゃい！」

「さあ、さあ、手に取ってみてくれ。こんな品、めったにお目にかかれないよ！」

ここは、華霞国の都。

半年に一度、数日間だけ開かれる大市場には、大勢の買物客が訪れていた。

国内外の品々が購入できることもあり、珍しい商品を求めて都中から人々が集まっている。

そんな中を、一人の少年が歩いていた。

手には、竹の皮に包まれた胡麻団子。口は絶えずもぐもぐと動いている。

「よっ！　兄ちゃん。そんな団子だけじゃ、腹も膨れないだろう？　この串焼きも、一つどうだい？」

串焼き店の店主に呼び止められた少年は、男装した凛月だ。

女の一人歩きと覚られぬよう、商会の主人に勧められるまま男物の服を着用していた。

変装している自分はちゃんと男に見えている。凛月は嬉しくなった。

「おじさん、串焼きを一つください」

「へい、まいど！」

威勢のよい掛け声と共に、串焼きが目の前に差し出された。タレの香ばしい匂いに、思わず涎《よだれ》が垂れそうになる。

巫女見習いのときには決して許されなかった買い食い。今は誰に咎められることもない。

凛月はフーフーと息を吹きかけ、火傷をしないよう慎重にかぶりつく。

(美味しい!!)

黒曜石のような瞳が、きらりと輝く。串焼きは、あっという間にお腹の中に消えた。

◆◆◆

「う～む」

大市場の中にある鉢植え店の前。

二つの鉢を見比べながら、胡峰風《フーフォンファン》はどちらの鉢を買うべきか頭を悩ませている……フリをしていた。

彼の目の前にあるのは牡丹《ボタン》の鉢植え。

一つは蕾《つぼみ》が大きく、開花すれば見事な姿を見せてくれそうなもの。

もう一つは蕾はやや小さめだが、こちらは花軸《かじく》が太くしっかりしており、長く花を楽しませてくれそうなものだった。

「ご主人様、そろそろお時間です」

峰風の後ろに控えるようにして立つ使用人に扮した護衛官から、やんわりと急かされる形での暗号が届く。

買物客に扮した衛兵が、配置についたとの知らせだ。

「わかった」

今から、この店の摘発が始まる。

表向きの容疑は、各地で牡丹と偽り異国の安価な花を高額な値段で売りさばいていること。

本命は、禁輪植物である毒草を国内に持ち込んだ容疑である。

峰風は主から無理やり管轄外の仕事を押し付けられ、金持ちの子息になりすましていた。

「まあ、これ以上悩んだところで同じことだな。ところで、店主殿。こちらの牡丹は――」

蕾の大きい鉢を手に取る。

峰風の見立てですでに偽物と確認済みで、今から店主に証拠を突きつけ追及しようとしたときだった。

「それは、買わないほうがいいですよ」

横からの声に峰風が顔を向けると、一人の少年がにこやかな顔で立っていた。

無造作に一つにまとめられた肩先よりやや長い射干玉《ぬばたま》色の髪に、大きめの漆黒の瞳。

少年というよりも、少女のような愛らしい雰囲気を纏っている。

「どうして、君はそう思った？」

突然話しかけてきた少年に、峰風は警戒よりも先に興味を覚えた。

相手が無手の少年ということもあり、護衛官も後ろで静観の構えのようだ。

これで少年が殺気を纏うものならば即座に切り捨てられるところだが、不穏な気配もまったく感じられない。

大勢の客がいる中での作戦のため、あらゆる事態を想定していた。峰風は落ち着いて対処する。

峰風の問いかけに、少年はクスッと笑った。

「それは、これが牡丹ではないからです！」

自分の言うことは間違いないと言わんばかりの顔で言い切った少年に、店主だけでなく峰風の顔色も変わる。

まさか自分以外に偽物と見破れる客が居るとは。峰風も、これは想定外だった。

事実を指摘された店主だったが、すぐに表情を取り繕う。

「いやいや、すまねえ。よく見ると、これは牡丹じゃなく芍薬《シャクヤク》だな」

さも今気付いたかのような店主の態度に、峰風は思わず舌打ちをしそうになる。

芍薬は、牡丹に並ぶ高級花だ。

この二つの花の蕾はよく似ており、開花するまで気付かない者も多い。

客から指摘されたとき用の言い訳なのだろう。本物の芍薬も、客の手の届かない店の奥に数鉢だけ並べられている。

このまま摘発しても、肝心の毒草が見つからなければ言い逃れられて大した罪には問えない。

峰風は、作戦開始の合図を出すことを躊躇した。

「これは芍薬でもありません。葉の形が全然違いますから、まったく別の植物です。おそらく……異国の花？」

「へ、へえ～、そうなのか。坊主は、いろいろと物知りだな」

感心したような口調とは裏腹に、店主の目つきが鋭くなった。

少年を警戒しているのが、峰風には手に取るようにわかる。

幸いこの少年の仲間とは思われていないようだが、このままだと大事な証拠品（毒草）が隠滅されてしまうかもしれない。

表情には出さないが焦りを感じ始めた峰風を余所に、店主と少年の会話は続いている。

「見たところ、店頭に牡丹は一つもないようですが？」

「面目ねえが、俺も仕入れ先に騙されたのさ。客に偽物を売るわけにもいかねえから、今日はこのまま店じまいさせてもらう。そちらのお客さんも申し訳ないが、他の店を当たってくれ」

店主はあっさりと、牡丹が偽物であると認めた。

ここで揉め事を起こせば人目を引く。店主は引き際を見極めた。

撤収のため鉢植えを荷台に積み始めた若い店員の一人に、「水を汲んでこい」と店主は指示を出す。

このまま何食わぬ顔で商品を片付け、雲隠れをするつもりなのだろう。峰風にとっては非常に不味い事態となった。

若い店員は、奥から数本の竹筒が入った籐《トウ》製の買い物籠を取り出し、店を出て行く。

それを横目に見やりながら、峰風はやむなく作戦の中止を決断した……ときだった。

「すみませんが、その籠の中に入っている物を見せてもらえませんか？」

何気ない少年の声に店主は明らかに狼狽し、若い店員は弾かれたように走り出す。

峰風は、迷うことなく声を上げた。

「作戦決行！　その店員を逃がすな！　店の商品も差し押さえろ‼」

峰風にとって、これは一種の賭けだ。

籠の中身が何も問題がなかった場合、牡丹の偽物を売った軽微な罪にしか問えない。

店の周囲に待機していた衛兵たちによって、容疑者たちは全員捕縛された。

竹筒を除けて押収した籠の中を調べるが、何も見つからない。

「怪しい物は、ありませんね。籠も二重底になってはいないようですし……」

「いや、奴らの慌てぶりから見ても、この中に何かを隠しているのは間違いない」

峰風は一本の竹筒を手に取った。

「そういえば、この竹筒には水が入っていないはずなのに重さがあるな」

筒に蔓《つる》を巻き付けごまかしてあるが、よく見ると割れ目がある。

蔓を切り中身を確認した峰風は、ようやく肩の力を抜く。

そこには、探し求めていた毒草が隠されていた。


「驚かせてすまなかった」

突然始まった捕り物に目を丸くしている少年へ、峰風は声をかけた。

「君のおかげで、容疑者を捕まえることができた。礼を言う」

「お役に立てたのであれば、良かったです」

無邪気に微笑む少年を、峰風はさりげなく観察する。

少年は驚いてはいたが、怯えたり逃げ出したりすることもなくその場に留まっていた。
十五、六歳くらいに見える彼の終始落ち着いた態度に、二十歳の峰風は感心しきりだ。
「一つ、お尋ねしたいことがあるのですが？」

「なんだ？」

「先ほど回収された子たちは、これからどうなるのでしょうか？」

「子たち？　ああ、鉢植えのことか。証拠品としての調査が終わったあとは、すべて国の所有物となる。牡丹の偽物と言ってもあの花自体は綺麗なものだから、おそらく宮殿に飾られるのではないか」

峰風は口には出さなかったが、おそらく後宮の庭園に置かれると考えている。

「では、その籠の中の子たちは？」

「これは、処分される。禁輸品だからな」

他の鉢植えは衛兵たちに任せた峰風だったが、さすがに毒草をそのままにはしておけない。

万が一にも紛失しないよう、これだけは自ら責任を持って持ち帰ることにした。

毒草とはいえ大変珍しい植物であるだけに、仕事柄峰風としても詳しく観察をしたい気持ちはある。しかし、これればかりは許可が下りないだろう。

「その子たちは、強力な『毒消し薬』として利用できます。ですから、信用のおける医官様の下で管理されれば、悪用はされないかと。その子たちも、それを望んでいます」

『変毒為薬《へんどくいやく》（毒を変じて薬と為す）』という言葉があるように、毒と薬は背中合わせのものだ。

実際に、毒性を弱めて薬としている『鳥兜《トリカブト》』のような例もある。

しかし、峰風が気になったのは別のことだった。

「君は、籠のコレがどういうものか知っているのか？　中を見たわけでもないのに」

思わず声が低くなる。

峰風は、周りから見えないようにして竹筒の中を確認した。

たとえチラッと見えていたとしても、知らぬ者にはただの雑草にしか見えない。

「その子の名はわかりませんが、用途は知っています」

話の流れからみても、少年がこれを毒草と認識していることは明らかだった。

一瞬、鉢植え売りの仲間かとも思ったが、峰風はすぐにその考えを捨て去る。彼らの仲間であるならば、容疑者たちが黙っているはずがない。

「俺は、峰風という。君の名を教えてくれ」

峰風は、姓は名乗らず名だけを告げる。

「僕は……子墨《ズーモ》といいます」

「子墨か。『泰然自若《たいぜんじじゃく》（どんな事態にも、慌てず落ち着いた様子）な男の子』。君に似合いの名だな」

「…………」

褒めたはずが、子墨はなぜかばつが悪そうに目を伏せ黙り込んでしまった。

峰風は気にせず言葉を続ける。

「君の植物に関する目利きと知識は、どこで培ったものだ？　書物か？　それとも、師事する者がいるのか？」

「えっと……どちらでもありません」

言い淀む子墨は、この件に関してはあまり話したくなさそうな雰囲気を漂わせている。

察した峰風は、これ以上の追及を止めた。

「引き留めて悪かったな。では、俺はこれで失礼する」

少し離れた場所で、証拠品をすべて押収した衛兵たちが峰風を待っている。

これから宮殿へ戻り、主へ報告をしなければならない。本来の仕事もまだ残っている。

くるりと向きをかえ歩き出した峰風の背中に「あの！」と声がかかった。

「峰風様は、宮廷の官吏様ですか？」

「そうだが」

「宮廷にいらっしゃるこの方と面会するには、どうすればいいでしょうか？」

振り返った峰風の前に差し出されたのは、一通の書簡。

宛名と差出人のものと思われる花押《かおう》、使用されている紙の質を確認した峰風の表情が一変する。

「君は、これをどこで手に入れた？」

「僕の母国月鈴国で、紹介状として頂きました」

「紹介状？　宛名と差出人がどういう人物かは、知っているのか？」

「差出人の名は、口にするのが憚《はばか》られる御方です。お相手の方は、まったく存じません」

「そうか」

峰風が真っ先に確認をしたのは、この書簡の持ち主が間違いなくこの少年かどうかだった。

「実は、昨日と今朝も宮殿まで行ったのですが、門番に門前払いをされてしまいました」

それはそうだろうなと、峰風は思う。この人物への面会など、宮廷に出仕する官吏でも簡単ではない。

峰風の記憶が確かなら、差出人である花押の人物はやんごとない身分の御方。上質の紙に書かれていること、少年の言葉からも、それは間違いないようだった。

しかし、見るからに平民である少年が持っていることに多少の疑問が残る。

この書簡が本物だと、ここで断定することはできなかった。

「事情は理解した。であれば、俺が取り次ごう。今から宮殿へ行くぞ」

峰風は、宛名の人物に判断を仰ぐことを決めた。

「えっ、今からですか⁉」

「何か、不都合なことでもあるのか？」

「ここまで同行させてもらった商会のご主人へ、挨拶をしたいです。荷物もありますし」

「では、俺も一緒に行こう」

宛名の人物へ取り次ぐ前に、峰風は念には念を入れて子墨の身元を確認することにした。

出向いた店は規模が大きく、月鈴国の宮廷出入りの大店とのこと。

峰風は店の主人へ自身の身元を明かし、自分が責任を持って子墨を預かると約束をする。

　こうして、子墨こと凛月は宮殿へ向かうことになったのだった。

◇◇◇

　峰風と同じ馬車に乗せてもらった凛月は、窓から都の景色を眺めていた。

　月鈴国に居たときは自由に外出ができなかったこともあり、異国の都の風景や様式の異なる建物などが物珍しく興味をひかれる。

　市場でも、目に付いた美味しそうな食べ物をついつい買い食いしてしまったほどだ。

「先ほどから熱心に外を見ているが、あちらの都とそう大差はないだろう？」

「いいえ。こちらの都のほうが、賑わっていると思います」

　これは、お世辞ではなく凛月の本心だ。

　月鈴国の都より明らかに街中に人が多く、とても活気がある。

　機会があれば、都内の名所なども見て回りたい。

「そ、そうか」

　向かい側に座る峰風は、少し誇らしげに微笑んだ。それに、ちょっと嬉しそうにも見える。

凛月よりも年上の峰風は、キリっとした精悍な顔つきをした大人の男性だ。

それなのに、静かに喜んでいる様が可愛らしいなと思ったことは凛月だけの秘密。

大市場の会場から宮殿までは、馬車での移動ならあっという間だった。

凛月が二日連続で門前払いをくらった門も、峰風が帯に付けた佩玉《はいぎょく》（帯飾り）を門番に見せるだけであっさりと通行の許可が下りる。

商会の店主からは、峰風は高位の官吏だと聞いた。

市場で大勢の衛兵を指揮していたのだから、凛月はそこで気付くべきだった。

何も考えず気安くものを尋ねてしまい、結果こうして面倒をかけている。

しかし、平民の凛月に対し峰風が気分を害している様子はない。

（お育ちの良い、良家のご子息様なのかな？）

自分が本当は女であることを峰風へ打ち明けるかどうか迷っているうちに、宮殿に着いてしまった。

「行くぞ」と促されるまま馬車を降り、峰風の後ろをついて行く。

周りは官服を着た文官や武官、官女ばかりで、平民服の凛月はかなり目立っている。

頭一つ背の高い峰風の陰に隠れるようにして、凛月は歩いていった。

「こちらで、少し待っていてくれ」

大きな建物の応接室に凛月を案内した峰風は、書簡を手にすぐ部屋を出て行く。

入り口の扉の前には、厳めしい顔をした武官が立った。

室内には艶やかな色彩を放つ壺が置かれ、趣のある掛け軸がかけられている。見るからに価値がありそうな物だ。

異国の文化に触れることができる貴重な機会。凛月としては、待っている間にぜひとも間近で鑑賞したい。

しかし、武官の鋭い視線を全身に感じ席を立つことができない。

結局、凛月はおとなしく椅子に座ったままじっとしていた。

一時《二時間》ほど待たされたところで部屋に入って来たのは、官服を着た中年の男性。後ろには峰風もいる。

男性は凛月を見て笑みを浮かべると、峰風と武官に下がるように命じた。

「よろしいのですか？　護衛官だけは残されたほうが……」

「問題はない。彼と少々込み入った話をするから、この部屋には誰も近づけぬように」

「かしこまりました」

凛月をちらりと見やってから部屋を出て行こうとする峰風へ、慌てて声をかける。

「峰風様、この度は大変お世話になり、ありがとうございました」

立ち上がり、深々と頭を下げ礼を述べる。

もし今日彼と出会っていなければ、凛月はこれからも毎日宮殿へ出かけては門前払いをくらっていただろう。

「俺も君に世話になったから、お互い様だ」

峰風たちが部屋を出て行くと、男性は「大変お待たせいたしました」と詫びたあと、懐から書簡を取り出した。

「さて、まずは大事な確認を。そのような恰好をされていますが、あなたは女子《おなご》で間違いないですか？」

「はい。自衛のために男装をしておりますが、私は女です。峰風様には『子墨』と名乗りましたが、本当の名は『凛月』と申します」

峰風に名を聞かれ、とっさに出てきたのが商会の主人の子息の名だ。

子墨は『泰然自若な男の子』という意味があると、先ほど聞いた。

たしかに、旅立つ際に挨拶をした子息は、凛月とは違いその名の通り落ち着いた人物だった。

それなのに、自分に似合いの名だと言われ、本人に申し訳なさを感じてしまった。

「私は胡劉帆《リユウホ》といいまして、この国では宰相を務めております」

「さ、宰相様……」

紹介してもらった人物が、まさかこんな大物だったとは。

どうりで、門番に取り次いでもらえないはずだ。

凛月の背中に、ひやりと見えない汗が流れた。

「彼《か》の御方と私は、親戚関係にあるのです」

「そうでしたか」

「書簡によれば、この国で職を探されているとか。職種や条件など何かご希望があれば、教えていただきたい。あの方も、『ぜひ、よしなに』と仰っていますので」

皇太后は、そこまで書いてくれていたようだ。

心の中で感謝をしつつ、凛月は自分の希望を述べる。

「できましたら、植物に関係した仕事に就きたいです。作物の栽培とか、庭園の管理などです。あと、住み込みで働けるところであれば有り難いです」

凛月は八歳のときに孤児院から宮廷に引き取られたため、世間一般的な暮らしの経験がない。

自身の身の回りのことや家事などはできるが、生活をしていく上での手続きなどの一般常識が抜けている。

ここは他国なので、生活に慣れるまでは住み込みで働かせてもらいたい。

「そういえば、豊穣の巫女様はあらゆる植物を掌《つかさど》る豊穣神様の化身と言われておりますな。ですから、植物に関係した仕事を希望されるのですね」

「いえ、特にそういうわけでは。それに、私は巫女ではなくただの巫女見習いです。見目も、他の巫女見習いとは異なっておりますし」

「それでも、豊穣神様から加護を受けられたことに違いはございません」

宰相は、凛月の左手に視線を向ける。

「噂には聞いておりましたが、本当に『麦の穂』のような形をしているのですな」

「宰相様は、『証』をご存知でしたか」

「はい。部屋に入ってすぐに、左手を確認させていただきました」

(なるほど)

だから、書簡も凛月も偽物だと疑われず、話がすんなりと通ったのだと納得。

「ご希望を伺った上で、ぜひこちらからお願いしたい職がございます」

「それは、どのようなものでしょうか?」

「凛月様は、『後宮妃』と『宦官』になるおつもりはありませんか?」

「……はい？」

宰相の口から飛び出したのは、びっくり仰天の提案だった。

面会から数日後、凛月は妃嬪《ひひん》の一人『欣怡妃《シンイー》』として後宮にひっそりと入内した。顔を見られぬように頭から薄い布をすっぽりと被り、人目につく前にそそくさと宮に入る。

宰相の提案は、こうだった。

「私共は、凛月様の巫女としての力を求めております。この国は、まだまだ食料事情が安定しているとは言えません。ですので、あなたには月鈴国におられたときのように、豊穣神様へ祈りを捧げていただきたいのです」

「祈りを捧げる、ですか」

食料事情の安定は、国の安定にも繋がる。宰相が最優先に考えるのは、至極当然のことだった。

月鈴国では、これまで深刻な飢饉に陥ったことは一度もない。「やはり、豊穣神様のご加護があるからなのでしょう」と宰相は言う。

「妃嬪《ひひん》としてお願いしたい職務はそれだけですので、それ以外の時間は、凛月様のご希望通り後宮の庭園の管理の仕事をしていただけるよう手配いたします。ですが、庭園に関することは、掃除以外は女官ではなく宦官の担当でして」

庭木の剪定や草むしりなどはできても、伐採や穴を掘ったり土砂の運搬をしたりする力仕事は女では難しい。

そのため、最初から宦官の担当と決められている。妃嬪の欣怡ではなく宦官の子墨として尚寝局に所属し、庭園管理の職務に従事するのはどうか？　とのこと。

凛月の希望も踏まえての提案であることは理解できた。

しかし、宦官はともかく、なぜ巫女や女官ではなく後宮妃の必要があるのだろうか。

「女官では『祭祀』を行えないことが理由の一つ。それと、正式に巫女様としてお迎えした場合は、いずれ地方へも出向いていただくことになります」

月鈴国では巫女見習いが大勢居たため皆で交代して地方巡回を行っていたが、ここでは凛月一人しかいない。

つまり、他の仕事をする時間がなくなるということ。

「妃嬪《ひひん》であれば、特別な事情でもない限りそう簡単に後宮の外へは出られません。それに、凛月様専用の宮をご用意できます」

妃嬪《ひひん》と宦官に入れ替わるときに、相部屋では非常に都合が悪い。

持ち物や衣裳も、二種類必要だ。

「凛月様には、妃嬪《ひひん》の一人として『祭祀』の一部の職務をお願いしたいのです。具体的には、月に一度、五穀豊穣を祈念した奉納舞を舞っていただくことですね」

宰相によると、妃嬪《ひひん》たちにはその位によって果たすべき職務が定められているとのこと。

凛月に求められているのは巫女としての仕事だけなので、真っ先に言われたことは「皇帝陛下のお通りはありませんので、ご安心ください」だった。

どうやら、宰相は凛月と面会をする前に、皇帝へ話を通していたようだ。

他国の人間を後宮に入れるのだから、当たり前と言えば当たり前のことだが。

「ただ、もし凛月様が陛下の寵愛を求められるのであれば、正式に遇することも可能でございます」

「いえいえ、そんな滅相もございません！　平民の私ごときが、畏れ多いです」

「そんな、ご謙遜を。あなたほどの器量でしたら、まったく問題はございません。後ろ盾もしっかりしておりますし……」

お世辞だと思っていたが、宰相の目は意外と本気だった。

凛月はついと視線をそらし、ホホホと笑ってごまかした。

宰相から提示されたのは、正四品の『美人』という位。元孤児には高すぎる身分に、くらくらと眩暈《めまい》がした。

もっと低い身分を！　と言ってみたが、祭礼に携われるのは『美人』までであるとのこと。

正五品以下だと個々の宮を賜れないとのことで、凛月はやむなく了承するしかない。

「宮には、口が堅く信用のおける者を配置いたします。宦官としての仕事のほうも、ご心配には及びません。尚寝局の尚寝（長官）には、上手く便宜を図らせますゆえ」

「よろしくお願いいたします」

（宰相様の権力って、すごい！）

凜月は、今さらながら思ってしまった。

何から何まで至れり尽くせりで、正直怖いくらいだ。

こうして、凜月の『欣怡妃』としての生活が始まった。

欣怡は、ある属国の王の遠戚の娘で、皇帝へ献上されたことになっている。

もちろん、実在しない人物だ。

それなのに、こんな簡単に後宮に入内できるのが凜月は不思議だったが、自分の娘や親戚の女性を献上するのはよくある話とのこと。

現在、後宮には百名ほどの妃嬪《ひひん》がおり、皇帝の寵愛を巡り日々しのぎを削っている。

すべての妃嬪《ひひん》に皇帝のお通りがあるわけではなく、入内後一年経っても夜伽のない者は実家に帰される。もしくは臣下へ下賜されるのが慣例だ。

そのため、常に妃嬪《ひひん》の入れ替わりが行われている。

「そんな方々の争いも憂いも、『欣怡妃』には関係のない話ですから平和そのものですね～」

朝餉《朝食》のあと、出かけるまでの空いた時間に奉納舞の稽古をしている凛月へ気安く言葉をかけたのは、欣怡妃付きの侍女となった瑾萱《ジンシュエン》だ。

歳は十八歳で、胡家（宰相の家）に長年仕える使用人の娘である。

本来、妃嬪《ひひん》と侍女は主従関係となるが、同い年ということもあり凛月は友人のように接してほしいとお願いをした。

瑾萱は、宰相からの信頼が厚い。

だからこそ、今回凛月の侍女に抜擢されたのだが、当の本人は「旦那様（宰相）から、事情持ち《訳アリ》の妃嬪《ひひん》様の面倒ばかりを押し付けられてきた」と愚痴っている。

「他の妃嬪《ひひん》様たちから目を付けられないように、目立たないように、入内してから宮の外には一歩も出ていないからね」

欣怡妃は『異国での生活に馴染めず、精神的に不安定な状態にある』ことになっている。

体調不良を理由にお茶会などの誘いもすべて断っているため、表向きは真正の引きこもりだ。

事前の取り決め通り皇帝のお通りはないため、「陛下に見向きもされない、可哀想な妃嬪《ひひん》」とか「一年を待たずに、実家へ帰される出戻り妃嬪《ひひん》」などと噂されているらしい。

もちろん、凛月が噂を気にすることは一切ないが。

「凛月様は宦官ではなく官女として働けば、いずれ良い出会いがあるかもしれないのに、本当にもったいないです！」

瑾萱の夢は、高位の官吏を射止め妻の座に納まること。しかし、現実はなかなかに厳しいようだ。

「私は、出会いよりも植物と触れ合っているほうが楽しいけど」

「でも、わざわざ泥だらけになる仕事を選ばれなくても……」

「瑾萱、おまえのくだらない考えを凛月様へ押し付けるな」

会話に割り込んできたのは、宦官の浩然《ハオラン》。二十四歳。

彼もまた宰相からの信頼が厚い人物で、欣怡妃付きの護衛官となっている。

「くだらなくない！　女としての幸せを望んで何が悪いのよ‼」

「宮中にいる女は、そんな考えの者ばかりだな。高位の官吏の前で、色目を使ったり」

「私は、そんなことはしていません‼」

「どうだか……」

二人の言い合いが今日も始まった。もはや、この宮の日常風景となりつつある。

しかし、本当に仲が悪いわけではないから、凛月はいつも微笑ましく眺めてしまう。

浩然も事情持ち妃嬪《ひひん》担当のようで、二人は戦友みたいな関係なのだろう。凛月の宮に仕える使用人は、この二人だけ。情報の漏洩を防ぐための少数精鋭とも言える。

「子墨様、そろそろお時間ですので参りましょう」

「はい」

「いってらっしゃいませ！」

瑾萱の元気な見送りを受け、凛月は浩然と一緒に宮を後にした。

今日から、『妃嬪《ひひん》の欣怡（十八歳）』ではなく『少年宦官の子墨（十六歳）』としての新たな仕事が始まる。


「ごめんね」

凛月こと子墨は、謝りながらぶちぶちと雑草を抜いていた。

澄みきった空の下、久しぶりの屋外での作業はとても気持ちが良い。

作業着を着て日除けに竹笠を被っているため、周りから女と見破られることはまずない。

念のため、左手の甲には土を付けて証が見えないよう細工もしてある。

子墨が尚寝局から命じられた仕事は、草むしりだった。

他の宦官と比べると小柄な子墨に重労働はさせず、女でもこなせる軽作業を割り振ってくれた。

皆の足手まといにならないように、与えられた職務を全うしようと張り切って草むしりを続ける。

「子墨、立ち上がって笠を取り、頭を下げろ」

同僚の声に顔を上げる。

見ると、官吏らしき男性が宦官を連れてこちらにやって来るところだった。

通常、後宮内は皇帝以外の男性は立ち入ることはできない。見つかれば即死罪だ。

そのため、女官や宦官がすべての仕事を担っている。

しかし、彼らでは対処できない場合のみ、特別な許可を得た官吏がお目付け役の宦官を伴って後宮に来ることがたまにある。

立ち入りを許可されるのは高位の官吏に限られるため、後宮の女官たちはここぞとばかりに（遠巻きに）姿を見に行くと瑾萱が言っていた。

並んで官吏を出迎える同僚たちの隣に、子墨も並ぶ。

「作業中にすまないが、今から至急やってもらいたいことがある」

官吏は、皆の纏め役である宦官へ指示を出している。

聞き覚えのある声がしたので子墨が少し頭を上げちらりと顔を見たら、峰風だった。

目が合い、慌てて頭を下げる。

「子墨、君はこんなところで何をしている？」

見つかってしまったので、子墨は顔を上げた。

「今日から、こちらでお世話になることになりました」

「たしかに、庭園の管理は君の能力に見合った仕事だとは思うが……」

なぜか、峰風の気遣うような視線を感じる。

（もしかして、峰風様は私がこの仕事をするために宦官になったと思っている？）

そうであれば、とんでもない誤解だ。

「あの……僕は（手術を）受けてはいませんよ」

誤解を解くべくコソッと告げると、やや間があった。峰風は気まずそうにゴホン！と咳をする。

どうやら、当たりだったらしい。

「そ、そうか。なるほど。だから、あの方の紹介……」

今度は、何かをぶつぶつと呟いている。

「ご寵愛の宦官だったのか」と聞こえ、峰風が今度は盛大な勘違いをしていると気付いたが、もう訂正はしない。

冷静沈着なようで思い込みの激しい峰風の意外な一面を知り、子墨はついフフッと笑った。

子墨たちに与えられた至急の仕事とは、庭園に植えられた薔薇《そうび》に害虫が付いていないかの確認だった。

国内で虫害が多数報告されており、全滅したところもあったとのこと。

「一本、一本、丁寧に確認をするように。葉が食害されていないか、枝や茎に裂けたような筋がないか、よく見てくれ」

峰風の的確な指示のもと、宦官たちが広い薔薇《そうび》園に散らばっていく。

そんな中、子墨はその場に留まり、精神を集中させ感覚を研ぎ澄ます。

——彼らの思いを感じ取るために。

凛月が、師にも周囲にも隠してきたもう一つの秘密。

それが、『植物の状態・心（感情）を感じ取る能力』だった。

「虫を一匹逃しただけで、壊滅的な被害を受けるからな。見つけた者は、すぐに報告をするように」

薔薇《そうび》園を見回りながら次々と指示を出している峰風の前に、子墨が進み出る。

「峰風様、あちらの薔薇《そうび》が軒並み被害を受けています。確認をお願いします」

子墨が峰風を案内した一角は、一見すると何も被害を受けていないように見える。

しかし、子墨は自信を持って断言した。

「すべて、害虫にやられています」

「どれも、異常はないように見えるが？」

「根元を見てください。木くずが落ちていますよね？　幹に開いた小さな穴の先に害虫がいる証拠です」

説明するよりも、実際に見てもらったほうが話が早い。

子墨は地面に落ちていた細くて長い枝を幹の穴に差し込み、そして引き抜く。

枝の先には、幼虫が刺さっていた。

「ご覧の通りです。他の宦官にもお知らせください」

「まさか、幹の中に幼虫がいるとは……」

峰風は皆へ周知したあと、持参している鞄から見慣れない筒型の道具を取り出す。

慣れた手つきで中に薬剤を注入すると、口の細い先端を幹の穴に押し込んだ。

「それは、なんですか？」

「『噴霧器』といって、異国から渡来した道具だ。これで薬剤を注入する」

（フンムキ？）

手早く次々と穴に差し込んで、峰風は作業をしていく。その間にも、続々と報告が届く。

結果、庭園の薔薇《そうび》の約半分が被害を受けていた。

しかし、発見が早かったこともあり、大事には至らずに済んだ。

「皆の協力に感謝する。では、通常作業に戻ってくれ」

峰風はこの後も一人で作業を続けるようだ。宦官たちがぞろぞろと薔薇《そうび》園を出ていく。

作業中の峰風の邪魔をしないよう、子墨も同僚の後に続いて持ち場に戻ろうとした。

「子墨、君には俺の作業を手伝ってもらいたい。ここに残ってくれ」

「あっ、えっと……」

纏め役の宦官へ視線を送ると大きく頷いている。これは、峰風の指示に従えということなのだろう。

「俺が害虫の駆除をしていくから、君は見落としがないか今一度確認を頼む」

「かしこまりました」

子墨は、一区画ごとに慎重に見回っていく。

先ほどまではあちらこちらで感じた植物の悲鳴も、今は何も聞こえない。

もう大丈夫。子墨は安堵した。

子墨が戻ると、ちょうど峰風も作業を終えたところだった。

「峰風様、漏れはありませんでした」

「そうか。経過観察は必要だが、ひとまずは安心だな」

道具を片付けると、峰風は手拭いで額の汗をぬぐう。

子墨と違いきっちりとした官服を着て髪も綺麗に纏めている峰風は、日除けの竹笠を被れない。

表情には出ていないが、かなり暑かったのだろう。腰に下げた瓢箪から、何度も水分を補給している。

子墨も、持参した瓢箪で水を飲んだ。

「実は、折り入って話がある」

一息ついたところで、峰風が子墨を見据える。子墨からは、頭一つ高い峰風を見上げる形となった。

やはり、背が高い。

日の光の下で改めて峰風の顔を見ると、髪や瞳が同じ黒色でもやや茶色がかっているのがわかる。

女ばかりの環境でずっと暮らしてきた凛月は、こんな風に同年代の異性から優しいまなざしを向けられた経験など一度もない。

特に、峰風は見目の良い男性だ。普通の女性ならば、頬を染め瞳を潤ませたことだろう。

（瑾萱だったら、今ごろ「キャー！」と声を上げただろうな……）

想像しただけで、ムクムクと笑いがこみ上げてきた。つい、吹き出しそうになる。

「子墨は、俺の下《もと》で働く気はないか？」

「えっ？」

にやけそうになった顔が、一瞬で真顔に戻る。

峰風の顔を、まじまじと見つめ返してしまった。

「子墨に、俺の助手を務めてもらいたい」

尚寝局の下っ端から高官の助手とは、かなりの出世である。

しかし、一つ疑問があった。

「少々お尋ねしてもいいですか？」

「不明な点があれば、何でも聞いてくれ」

「峰風様は、具体的にどのようなお仕事をされている方なのでしょうか？」

初対面のときは衛兵たちを指揮していたのに、今日は一人で薬剤散布をしている。

峰風が何をしている人なのか、さっぱりわからない。

「すまない、説明がまだだったな。俺は、『樹医《じゅい》』という職に就いている。簡単に言えば、樹木相手の医者だな」

今回のような庭木についた害虫の駆除や、樹木が元気になるように栄養剤の散布などが峰風の主な仕事とのこと。

「その関係で他の植物のことも学んでいるから、知識は他の者よりはある。だから、先日の市場のような担当外の案件を押し付けられることも多々あるが」

「あれは、押し付けられた仕事だったのですか？」

「アイツは、強引だからな……」

遠い目をしている峰風の姿に、日頃の苦労が偲ばれた。

「でも、悪い人を捕まえたり、植物を治療したりと、やりがいのある素敵なお仕事です！」

「君はそう言ってくれるが、異国より伝わったばかりの職だからまだ知らぬ者も多い。周囲の理解も得られていない。俺自身も、いまだ手探りの状態だ」

峰風は様々な文献を読み漁って勉強をし、日々精進しているという。

「子墨は、俺が知らぬことも知識として持っている。今日の害虫がそうだった。さっそく報告書を作成し、幼虫の発見方法と対処法を国内に広めようと思っている。これで、薔薇《そうび》の虫害が減るだろう」

「僕が、お役に立てたのですね」

「大いに助かった。だから、今後もその知識を仕事で活かしてみないか？　表向きは俺の助手という立場になるが、俺も君からいろいろと学びたいと思っている」

（峰風様は、やっぱり良い人だ）

高位の官吏なのだから、自身の命令一つで宦官の異動など造作もないことだろう。

それなのに、子墨の意思を尊重し、勧誘という形を取ってくれる。

「とても有り難いお申し出ですし、僕自身も大変興味があります。ですが、今の仕事は宰相様が斡旋してくださったものですので」

いろいろと事情持ちの凛月は、自分の判断だけで勝手に職を変えることはできない。

それでも、峰風と仕事をしてみたいと素直に思った。

「では、父上の許可が下りれば問題はないということだな。ならば、戻り次第すぐに直談判《じかだんぱん》するとしよう」

「峰風様の『父上』とは、どなたですか？」

「そうか、子墨はすでに知っていると思っていたが。父は、宰相の胡劉帆だ。俺は三男になる」

「えっ、宰相様のご子息………ええええーー!!」

峰風が高位の官吏とは知っていたが、予想の遥か上を行っていた。

雲一つない青空の下、庭園に子墨の大絶叫が響き渡ったのだった。

無事、初日の仕事を終えた凛月は、迎えに来た浩然とともに宮に戻った。

自分の宮に出入りするのに一々付き添いが必要なのは、あらぬ噂を立てられないため。

たとえ宦官といえども、妃嬪《ひひん》付きでもない新人宦官だ。一人で宮に出入りするのは、妃嬪《ひひん》にとって外聞がよろしくないとのこと。

凛月が「私は、外聞なんて別に気にしないけど」と言ったら、「「そこは気にしてください！」」と二人から突っ込まれてしまった。

「ねえ……峰風様が宰相様のご子息だって、どうして私に教えてくれなかったの？」

凛月が少々恨みがましい目で瑾萱を睨んだら、「だって、凛月様から尋ねられませんでしたから」と涼しい顔であっさり流された。

「それより、聞きましたよ！　今日は、その峰風様と仲良く作業をされたそうですね？」

先ほどとは打って変わり、今度は瑾萱が食いついてきた。

なんという情報の早さ。凛月が驚いていると、女官たちの情報伝達の速さを舐めてはいけません！　と言われた。

「なかなか良い雰囲気だったたって、女官仲間が教えてくれました」

「『なかなか良い雰囲気だった』って、どういう意味？　周りから見れば、ただの男同士よね？」

女官ならまだしも、宦官と官吏の組み合わせだ。

「え～、そんなの決まっているじゃないですか！　峰風様は、女嫌いで有名なんですよ！　特に、官女や女官への対応が、冷たくて、素っ気なくて、淡々としていて」

「そんな風には見えないけど」

「見えなくても事実なんです！　ですから、女嫌いの高官と、少女のように可憐な少年宦官が手を取り合…ムガッ」

「凛月様、聞く価値もない話ですのでお耳を貸されませんように。瑾萱、またくだらないことを言っていないで、早く湯浴みの準備をするぞ」

浩然から口を押さえこまれた瑾萱は、目を白黒させながら頷いている。

結局、意味が分からないまま、この話は終わった。

凛月が話の意味を理解するのは、もうしばらく先のこと――

第二章　巫女と宦官

姿見に映っているのは、官服に身を包んだ子墨の姿。

これまでは自分で適当に束ねていた髪も、瑾萱の手によって綺麗に一つに纏められている。

「凛月様、とっても凛々しいお姿です！」

「ありがとう。これも、瑾萱と浩然のおかげね」

童顔の凛月は、実年齢よりも下に見られることが多い。

そこで、周囲に侮られてしまうことを危惧した二人が作戦を考えた。

子墨が少しでも大人っぽく見えるよう瑾萱は薄化粧を施し、浩然は履けば多少背が高くなる沓《くつ》をどこからか調達してきたのだ。

左手の証も、おしろいを塗ってごまかしてある。

「凛月様、外廷は魑魅魍魎《ちみもうりょう》が蠢《うごめ》く戦場です。くれぐれも一人歩きはなさいませんよう、常に峰風様と行動を共にしてください」

「フフッ、瑾萱は心配性なんだから」

珍しく、瑾萱が真面目な顔で話をしている。それが可笑しくて堪らない。

凛月は宰相からも、同じようなことを繰り返し言われていた。

「笑い事ではございません。残念ながら、外廷には宦官を見下す官吏や官女が少なからずおります。あなたさまは、大切な御役目を担う巫女様なのです。何を措いても、御身を大事に」

今日は、浩然までもがピリピリしていた。

瑾萱と違い官職を賜っている浩然は、内廷と外廷を自由に行き来できる。事情もよく知っている。

　子墨の護衛として一日中張り付くと浩然は言った。それを、「(欣怡妃付きの護衛官なのに)子墨に付くのはおかしい！」と凛月はどうにか説得したのだった。

「大丈夫。『一人歩きはしない』、『行動するなら、峰風様と一緒』。あとは……」

「峰風様から許可が下りたものだけ、お召し上がりください。確認が取れていないものは、たとえ水でも口にしてはなりません」

「だから、私は持参したものだけを食べれば問題ないわね」

　鞄の中には、朝、瑾萱と一緒に作った昼餉《昼食》が入っている。

　これまでは、尚食局で作られた食事を宮で食べていた。

　しかし、外廷へ出仕する日の昼餉だけ、食材をもらい宮の厨房で調理し持って行くことにしたのだ。

　竹の皮にごはんとおかずを一緒に包んだだけの簡単なものだが、凛月はお昼に食べるのを今からとても楽しみにしている。

「この門を通り抜けると、外廷となります」

　守衛する宦官に聞こえぬよう小声で囁いた浩然に小さく頷き、子墨は建物内に足を踏み入れる。

門とはいっても、実際は屋根付き壁ありの立派な建造物だ。

室内には卓子《テーブル》や椅子が置かれ、許可を取れば、後宮で働く女官らがこの場所で家族や知人らと面会することも可能となっている。

欣怡妃として入内したときに一度は通っているはずなのだが、被っていた布で視界を遮られていたためよく覚えていない。

通り抜けた先にあったのは、無数の大きな建物と、道を行き交う人々の姿だった。

「わあ……男の人が大勢いる！」

月鈴国では巫女見習いたち、華霞国では女官が多い後宮に慣れている凛月にとって、男性の文官・武官が多く闊歩《かっぽ》する光景は見ていて不思議な感覚を覚える。

「子墨、声が大きいですよ」

「申し訳ありません。つい、興奮しました」

表向きは、新人の子墨より浩然のほうが立場が上になる。

凛月は、彼の後ろを静かについて行く。

峰風に連れられ初めて宮廷に来たときは後ろに隠れるようにして歩いていたため、周囲の景色がまったく目に入っていなかった。

キョロキョロと辺りを見回したい衝動を、グッと堪える。

ある建物の前に、峰風が立っていた。

子墨の姿を見つけると、峰風は笑顔になった。

「浩然、ここまでご苦労だった。あとは俺が引き受ける」

「峰風様、子墨をよろしくお願いいたします」

「帰りは、門まで送り届ける。欣怡妃には、『ご厚意に、深く感謝している』と伝えてくれ」

「かしこまりました」

宰相との話し合いの結果、凛月や峰風の希望通り子墨は峰風の助手として働くことが決まった。

ただ、一つ問題があった。峰風専属の助手となった場合、子墨は後宮を出なければならないのだ。

峰風は、胡家の屋敷に住まわせると言った。

しかし、当然のことながらそれはできない。

女性であり巫女としての職務もある凛月は、宮から引っ越すわけにはいかないのだ。

そこで宰相が考え出した秘策が、子墨を欣怡妃付きの従者にし、そこから峰風へ貸し出す形を取ることだった。

これならば、後宮の欣怡妃の宮から毎日通うことになってもおかしくはない。宮付きになったことで、子墨単独での出入りも可能となる。

欣怡妃が、以前から気に入っていた子墨をどうしても従者にしたいと望んだこと。

妃嬪《ひひん》の我が儘を受け入れる代わりに、子墨の希望する職に従事することを許可すること。

宮の仕事（巫女としての職務）があるときは、助手の仕事を休ませること。

諸々の条件を宰相が妃嬪《ひひん》側と交渉し、この条件に落ち着いた（ことになったとした）。

「欣怡妃が君を従者にすると聞いたときは、正直かなり焦ったぞ」

「少々気に入られてしまいまして、ハハハ……」

子墨の髪には、欣怡妃付きの従者である証の簪《かんざし》が挿されている。もちろん、瑾萱と浩然にも同じ物が。

これは従者の証明であると同時に、妃嬪《ひひん》のお気に入りであることを意味する。

彼らは欣怡妃のものだから、手出しは一切無用。つまり、お守りというわけだ。

自分（欣怡）が自分（子墨）を気に入ったことになり、凛月の心境は少々複雑ではある。

それでも、こうでもしなければ外廷の峰風の下で働くことは叶わない。

峰風の仕事内容を聞き、凛月は非常に興味を持った。

『植物の心を感じ取る能力』を持っていても、これまではただ『知る』だけのこと。

目の前の植物が病気や虫に侵されていることがわかっても、凛月ではどうすることもできなかったのだ。

しかし、樹医である峰風にはそれに対処できる知識も経験も道具もある。実際に、蔷薇《そうび》は全滅を免れた。

彼のもとで学べば、自分もあんな風に植物を救うことができるようになるかもしれない。

『植物に関係した仕事に就きたい』という漠然とした目標が、『能力を活かし植物を
救う』という明確な目標になった瞬間だった。


峰風の執務室は、小さな建物の中にある小ぢんまりとした部屋だ。

中は壁一面が棚になっており、書物や巻物、道具などが所狭しと収納されている。

中央に卓子《テーブル》と椅子が置かれており、壮年の男性がいた。

「秀英《シュウイン》、今日から俺の助手となった子墨だ。彼は欣怡妃付きの従者で、妃嬪《ひひん》のご厚意
により借り受ける形となっている。くれぐれも、よろしく頼む」

「子墨と申します。よろしくお願いいたします」

「楊《ヤン》秀英です」

子墨がぺこりと頭を下げると、秀英も同じように返してくれた。

口数は少ないが、物腰の柔らかそうな人物だ。

「秀英は俺の事務官だ。何かわからないことがあれば、彼に訊くといい」

「わかりました。ところで、他の方は？」

周囲を見回しても、二人の他に人はいない。

「ここは、俺と秀英しかいない」

「そうでしたか」

どんなに規模が小さくとも、部屋付きの官女は必ず一人はいる。やはり、峰風の女嫌いは本当のことらしい。

納得したところで、子墨は窓辺に置かれた鉢植えに目を留めた。

「峰風様、あの鉢植えはもしかして……」

「先日、押収した鉢だ。この部屋が殺風景だから、一つもらい受けた」

「もうすぐ、花が咲きそうですね」

子墨は顔を近づける。

先日は硬く閉じられていた蕾が、少し開いてきている。

「薄紅色の綺麗な花が咲くだろうな」

「これは……薄紅色と白の二色ですね」

「白？」

峰風と秀英は、揃って首をかしげた。

「しかし、蕾は明らかに薄紅色だぞ？」

「フフッ、でも、この子がそう言っているようですので」

冗談めかして、子墨は楽しげに微笑んだ。

助手としての最初の仕事は、書物を読み知識を増やすことだった。

峰風と秀英が報告書の作成に追われているなか、連日、子墨は書物を読んでいる。

それは、装丁に見たこともない装飾が施されている異国のもの。植物の絵が写実的に描かれている図鑑だった。

どう見ても、平民が気軽に触ってよい代物ではない。

手に取ることを躊躇した子墨に、峰風は「読んで知識を深めることも、助手の仕事の一つだ」と言った。仕事だと強制することで、子墨が読みやすい状況を作ってくれたのだ。

峰風の気遣いに感謝し、絵を見ながら横に添えられた翻訳文を確認していく。

見たことも聞いたこともないような植物が、次から次へとたくさん出てくる。子墨はすぐに夢中になった。

今日も時間を忘れ読書に没入していると、外から足音が。扉へ視線を向けると、護衛官を二人伴った人物が入ってきた。

官服ではない仕立ての良い豪奢な衣装を身に纏った、見目の良い若い男性。

誰だろう？　と子墨が見つめていると、峰風と秀英が立ち上がりすぐさま揖礼《ゆうれい》する。

高位の人物と知り、子墨も慌ててそれに倣《なら》う。

「堅苦しい挨拶はいらぬ。それより、峰風に頼みがある」

「梓宸《ズーチェン》殿下、先触れもなしに何事でございますか？」

（皇子殿下⁉）

男性は貴人だった。

峰風のやや非難めいた言葉と態度に、子墨はさらに驚き固まる。

「そんな、嫌そうな顔をするな」

「こちらにも、都合というものがございます。ご用件がありましたら先触れを出していただきたいと、何度も申し――」

「その言葉遣いもやめろ。私とおまえの仲だろう」

梓宸は空いている椅子に勝手に腰を下ろす。さらに、全員に座れと命じた。

峰風と秀英はそれぞれの席に。子墨は、先ほどとは違う梓宸からはなるべく離れた端の席に座った。

「ハア……せっかく俺が取り繕っているのに。それで、用件はなんだ？　忙しいから手短に頼む」

先ほどの敬う姿勢から一変、皇子に対してなんとも不遜な物言い。

不敬罪になるのでは？　ハラハラドキドキしている子墨をよそに、峰風と秀英はいつの間にか仕事を再開している。

まるで、皇子など存在していないような雰囲気だ。

しかし、梓宸はそんな周囲の様子を気にすることはない。

「何度も言うが、こんな風に話ができるのはおまえしかいないのだから、私の前ではいつでもそういう態度でいろ。いいな？」

「それは、この部屋の中と、他の者がいないときだけにする。それより、早く用件を言え」

もはや、峰風は向き合っている書類から顔も上げず、筆を走らせる手も止めない。

「後宮の果樹園へ行き、妃嬪《ひひん》用に一番美味しい枇杷《びわ》を採ってきてくれ」

「なぜ、そんな仕事が俺に回ってくる？　尚食局の仕事だろう？」

「尚食局が何度も宮へ枇杷《びわ》を届けているが、味に納得しないらしい。それで、妃嬪《ひひん》のわがままに困り果てた尚食が私に泣きついてきた、ことになっている」

「……違うのか？」

「どうやら、麗孝《リキョウ》が焚き付けたらしい」

ここで、ようやく峰風は手を止め梓宸のほうを向く。

「ある妃嬪《ひひん》が、美味しい枇杷《びわ》を食べたいと騒いでいるのは本当のことだ。それを聞きつけた麗孝が『第一皇子殿下の覚えめでたい樹医様にお願いをすれば、さぞかし美味しい枇杷《びわ》を選んでくださるだろう』と」

「俺は、ただの樹木の医者だぞ」

「先日の薔薇《そうび》の件で皇帝陛下よりお褒めの言葉をいただいたことが、相当気に食わなかったようだ」

「兄弟喧嘩に、俺を巻き込むな」

（兄弟ということは……麗孝様も皇子殿下？）

凛月は後宮には入っているが、皇帝をはじめ皇族と顔を合わせたことは一度もない。

皇子たちの名も、誰一人として知らない。

二人の会話の内容から、梓宸が第一皇子であることを初めて知った。

「私としても、いちいち麗孝の相手をするのは面倒だが、峰風が軽んじられるとなれば話は別だ。だから、頼んだぞ」

「美味しい枇杷《びわ》の見分け方など、俺は知らん」

「それでも、おまえはできる男だ。毒草を回収してきたようにな」

梓宸はニヤリと不敵な笑みを浮かべる。「手続きは終えているから、すぐに後宮へ向かえ」と言い残し、颯爽と帰っていった。

報告書の作成を秀英に任せ、峰風は子墨を連れて後宮へやって来た。

「これはまた、立派な枇杷《びわ》の木ですね」

子墨が見上げているのは、果樹園の一角に植えてある枇杷《びわ》の木々。

旬を迎え、どれも橙色の実がたわわに生《な》っている。

「まったく、次々とやっかいな案件を持ち込まれるな」

「第一皇子殿下は峰風様の主であり、後ろ盾でもありますから、仕方ありません」

「面倒事を押し付けてくる、困った主だがな」

道すがら、子墨はいろいろと話を聞いた。

樹医という仕事は、第一皇子が持ち帰った異国の書物から始まったこと。

先日の峰風の話にもあったように、まだまだ周囲の理解が得られていないこと。

峰風は宰相の子息ということもあり、同い年の梓宸とは幼い頃から親しい付き合いをしていたこと。

成長し臣下の礼を取るようになった峰風に対し、梓宸はいつまで経っても昔のままであること。

愚痴ったり文句を言ったりしつつも、話をしている峰風の表情はどこか楽しげだった。

言いたいことを言い合う二人の様子からは、信頼関係も見て取れる。

初対面のときは、峰風のことを品行方正なお育ちの良い良家のご子息様だと思っていた。

しかし、何度か顔を合わせるうちに彼の人間性が少しずつわかってくる。

(峰風様は、案外素直じゃないのかもしれない)

子墨はクスッと笑った。

「いつまでも下から見上げていても、仕方ないな」

峰風はぐるりと枇杷《びわ》の木を見回すと、採取担当へ顔を向ける。

「果実の色が濃く、丸みを帯びている物を選んでくれ。アレとかこの辺りの物が——」

「峰風様、それはまだ未熟です！」

指示を出す峰風を黙って見ていた子墨だが、見かねてつい口を出してしまった。

「もしや……子墨は、どれが美味しい物かわかるのか？」

「……はい」

少し迷ったが、子墨ははっきりと答える。

「では、俺の代わりに君が指示を出してくれ」

「僕が選んでも、いいのですか？」

「構わない。君のことは信頼しているし、何かあれば俺が責任を取る」

「では、文句のつけようがないくらい美味しい枇杷《びわ》を、選んでみせます！」

峰風に責任を取らすわけにはいかない。

信頼に応えるべく、子墨は張り切って選び始める。

すべての木を見て回り、最終的に選んだものは五つだけだった。

「あれだけある実の中から、たったこれだけか」

「その代わり、味は保証します。なんと言っても、あの子たちのお薦めですから！」

厳選したから、外れはないはず。

子墨は自信を持って胸を張った。

「フフッ、子墨はいつも『あの子』とか『この子』と言っているな。まるで、植物と会話をしているようだ」

「そ、そうですね……ハハハ」

会話はできないけれど、彼らの意思はわかります！　とは、もちろん言えない。

子墨は、曖昧に微笑んだ。


「遅くなったな……」

依頼を終えた子墨と峰風が足早に執務室へ戻ると、秀英はまだ書類を片付けていた。

彼を食事に行かせた峰風は、子墨にも食事をするよう伝える。

「後宮と外廷を行き来すると、足腰が鍛えられますね。おかげで、お腹が空いてご飯が美味しく食べられそうです」

「それは羨ましいな。俺は、宮廷内で食事をするのは苦手だ。昼餉は食べないことが多い」

「それでは、お腹が空きませんか？」

子墨が助手となって三日目。峰風が食事をしないことがずっと気になっていた。

「中に何が混入されているかわからないから、安心して食事ができない。あっ、言っておくが毒ではないぞ。俺を毒殺したところで、なんの益《えき》もないからな」

笑いながら峰風は筆を手に取ると、また仕事を始めた。

峰風は宦官である子墨に配慮し明言を避けたが、常に媚薬を警戒している。

これまで、『お茶葉』『食堂での食事』『差し入れの果物や菓子』などなど様々な物に媚薬が混入されていた。

すべて事前に気付き峰風の口に入ることはなかったが、食欲不振と女性不信になるには十分だった。

しかし、周囲に女性しかいない環境で育ってきた凜月は、媚薬自体を知らない。

峰風は明るく告げたつもりのようだったが、深刻に捉えてしまう。

『外廷は魑魅魍魎が蠢く戦場』と評した瑾萱の言葉を思い出していた。

持参した昼餉を取り出した子墨は、竹皮の包みを二つ峰風へ差し出す。お箸付きだ。

「このような物で恐縮ですが、何も食べないのは体によくありません」

「でも、これは君の昼餉だろう？」

峰風は、子墨が昼餉を持参していることを知っている。

すべて、宰相の指示であることも。

「包みは三つありますし、中身は今朝、僕が瑾萱さんと一緒につくったものです。ですから、安心してお召し上がりください」

「料理ができるのか？」

「えっと……一応、できます」

峰風の驚いたような反応に、思わず語尾が小さくなる。

宦官が料理をするのは、おかしいことなのだろうか。後宮の常識がわからない凛月は戸惑う。

「見た目はこんなのですが、味は保証します！　それに、一人で食べるのは寂しいですから」

半ば押し付けるように峰風へ渡す。彼に渡すために、今日は三つ持ってきた。

子墨は残り一つの包みを開ける。中身は肉と野菜を甘辛い味噌で炒めた簡単なおかずだが、ご飯にしっかり味が染みており冷めても美味しく食べられる。

満面の笑みで食事をしている子墨につられるように、峰風も包みを手に取った。

「これは旨いな」

「お口に合ったなら、よかったです」

「俺も、こうやって家から持ってくればいいのだな」

飲み物は瓢箪に入れ持参していた峰風だが、食事までは気が回らなかった。

「よろしければ、こちらのお茶もどうぞ」

良いことを知ったと微笑む峰風に、湯呑に注いだお茶を渡す。

子墨は昼餉と一緒に、瓢箪も二本持参していた。

腰に下げた瓢箪とは別に、食事中に飲めるようにと瑾萱が用意したもの。口は付けていない。

喉が渇いていたので、子墨は自分用に注いだ湯呑のお茶を一気に飲み干した。

「この茶葉はかなり良い物だな。もしかして……妃嬪《ひひん》用の物を使用しているのか？」

「!?」

思わぬ問いかけに、お茶で噎《む》せた。吹き出さなかった自分を、褒めたいくらいだ。

「ゴホッ……そ、そうですね。でも、使用してもよいと、許可はもらっています」

峰風へ言い訳をしながら、内心冷や汗が止まらない。

後宮妃である欣怡と、従者の子墨が同じものを口にするなど、本来は有り得ないことだ。

凛月は宮で出された食事を残すことは嫌なので、量が多いものはお願いして三人で分け合って食べている。

しかし、通常は瑾萱や浩然は凛月とは違うものを食べ、違うお茶を飲んでいる。

「ハハハ、勘違いをしているようだが別に咎めているわけではない。従者に何を下賜しようと、それは妃嬪《ひひん》の自由だからな」

「そうなのですか」

峰風が、子墨へ疑いを持った様子はない。

ホッと安堵しつつ、今後は言動に気を付けようと固く心に誓う。

子墨と欣怡が同一人物であると、絶対に気付かれてはならないのだから。

「大事にされているのだな。朝餉の残り物ではなく、厨房を使用させ昼餉を持たせるとは」

「えっ？」

「従者は、主によって境遇が大きく変わる。だから、少し安心した」

何気ない言葉に、峰風が子墨の身を案じていたことに気付く。

峰風は子墨が料理をしたことに驚いたのではなく、欣怡が厨房の使用を許可し、わざわざ子墨のための昼餉を作らせたことに驚いたのだった。

「皆様には、本当によくしてもらっています。有り難いことです」

宰相、瑾萱や浩然、もちろん峰風へも。感謝の気持ちでいっぱいだ。

同時に、正体を隠しているせいで峰風に不要な心配をさせてしまったことを申し訳なく思った。

「失礼いたします」

食事を続ける二人のもとに、一人の官女がやって来た。

後宮で働く女官とは違い、外廷の官女たちはそれなりの家出身の者が多い。きっちりと官服を着用し、髪の乱れも一切ない。身だしなみに、相当気と金をかかっていることがわかる。

やや化粧は濃いが、人目を引く美人だ。

官女は子墨を一瞥すると、峰風へ顔を向けた。

「峰風様、大事なお話があります。お人払いを」

「断る。今は昼餉の時間で、私も彼も食事の最中だ。話があるのなら、早く言ってくれ」

峰風は、すぐさま拒否の姿勢を示す。

何とも素っ気ない態度。

即答すぎて、子墨が気を遣う間もなかった。

「人前でできないような話をするつもりはない。話がないのであれば、帰ってくれ」

「ですが……」

ピシャリと言い放つ、明らかな拒絶反応。抑揚のない淡々とした話し方。

そこに、一切感情はない。

子墨が初めて目にする『女嫌い』峰風の姿だった。


官女は、あの後すぐに帰っていった。

やはり、子墨が居ては話せない内容だったようだ。

帰り際に、ギロリと恐ろしい表情で睨まれた。

その顔は、豊穣の巫女に選ばれた桜綾によく似ていた。


翌日、峰風の執務室には皿に山盛りの月餅が置いてあった。

「殿下が、昨日の礼だと持ってきたものだ。遠慮なく食べてくれ」

子墨が選んだ枇杷《びわ》を、妃嬪《ひひん》が大層お気に召したとのこと。

今日も美味しい枇杷《びわ》を、と追加の要求もあったようだ。

「では、今日も後宮へ行くのですか？　美味しい枇杷《びわ》は、昨日取りつくしてしまいましたが……」

「もう、その必要はない。件《くだん》の妃嬪《ひひん》は、近々実家へ帰されるそうだ」

「えっ？」

「今回の一件が関係しているかはわからないが、もう決まったことらしい。入内されてまだ半年ほどの妃嬪《ひひん》だから、異例ではあるが」

「…………」

後宮では妃嬪《ひひん》の入れ替わりが行われていると、瑾萱からは聞いていた。

通常は一年との話だったが、例外もあるようだ。

では、同じ後宮妃である欣怡は、いつまで居られるのだろうか。

凛月にとって、『妃嬪《ひひん》の欣怡』という立場はいつ無くなっても構わないものだ。しかし、『宦官の子墨』は違う。

『巫女の凛月』だけになってしまったら、助手の仕事を続けることができなくなる。

「どうした？　顔色が悪いぞ」

「仕えている妃嬪《ひひん》が後宮を去った場合、従者はどうなるのですか？」

「実家から連れてきた者は、一緒に後宮を出て行くことになる。そうでない者はまた別の妃嬪《ひひん》に仕えるか、違う部署に配置換えになるだけだ。年季が残っているうちは、後宮外には出られないからな」

「年季……」

宰相との話し合いでは具体的な仕事内容については取り決めをしたが、期間については一切触れていない。

これは、早急に確認をする必要がある。

凛月は心に留め置いた。

「もし欣怡妃が後宮からいなくなるときは、俺が喜んで君を引き受けるぞ。本音を言えば、早く手放してほしいとさえ思っているくらいだ」

「ありがとうございます。もったいないお言葉です」

国外追放された凛月を、ただの宦官である子墨を、峰風は身を案じ必要だと言ってくれる。

それだけで、心がじんわりと温かくなった。

「欣怡妃は、まだ入内されたばかりだ。よほどの不興を買わない限り、すぐに後宮を出ることはない。先のことを不安に思う気持ちはわかるが、自分ではどうにもならないことだからな」

峰風の言う通り、先のことを考えても意味はないのだ。今は、目先のことに全力を尽くすしかない。

（まずは、明日を無事に乗り切らなければ）

「月餅を食べて、元気を出せ」

「はい、いただきます」

山の中から月餅を一つ手に取る。月鈴国で食べていたものより一回りほど大きくて、ずっしりと重い。

半分に割ると、中には蓮の実で作られた餡がぎっしりと詰まっていた。

一口頬張ればすっきりとした甘さで、この大きさでもぺろりと食べられそうだ。

「美味しいです」

「気に入ったのなら、たくさん食べてくれ。俺も秀英も、一つ食べただけで腹がいっぱいだ」

秀英が同意とばかり、大きく頷いている。

「明日は、子墨はこちらには来られないのだったな？」

「はい。欣怡妃の職務がありまして、その手伝いをします」

「初めての務めだから、妃嬪《ひひん》もさぞ緊張されていることだろう」

「そうですね」

（緊張は緊張でも、全然別のことだけど……）

明日は、華霞国へ来てから初めて迎える満月の日。

自分の姿は変化するのだろうか。

子墨は、左手の甲をじっと見つめた。

◆◆◆

「これから、出かけないか？」

第一皇子である梓宸からお誘いという名の命令が下ったのは、峰風が帰り支度をしていたときだった。

「こんな時間からか？　もう、夕刻だぞ」

「今夜は月が綺麗だからな。では、行くぞ」

遠回しに拒否の意思を示した峰風を無視し、梓宸はさっさと部屋を出て行く。

梓宸が強引なのは、今に始まったことではない。

ため息を一つ吐き、峰風は秀英へ帰宅するよう促すと、後を追う。

護衛官を一人だけ伴った梓宸が向かったのは、後宮だった。

職務のために出入りしている峰風でも、こんな時間に訪れるのは初めてのこと。

「心配せずとも、皇帝陛下の許可は得ている」

峰風の心中を察したかのような言葉に、思わず苦笑する。

梓宸は、幼い頃から聡明な人物だった。

文武両道で、強引な面はあるが基本的に下の者に対しても温厚。異母弟の麗孝のように、臣下を理不尽な理由で叱責するようなことはしない。

あえて難を言うのであれば、いつも飄々としていて何を考えているのかわからないところ。

付き合いの長い峰風でも、掴みきれないときがある。

「今日は、陛下の名代《みょうだい》を務める。欣怡妃の祭祀を見届けるお役目を賜ったのだ」

「欣怡妃の祭祀……」

欣怡といえば、子墨が仕える妃だ。

今日は主の手伝いがあるため、助手の仕事を休んでいた。

「おまえも、噂だけは聞いているだろう？　『引きこもり妃嬪《ひひん》』のことを」

「ああ、誰もその顔を見たことがなく、声も聞いたことがないと」

異国での生活に馴染めずにいるという欣怡。

妃嬪《ひひん》たちのお茶会に一切出席せず、後宮に入内してから一歩も宮の外に出ていないという変わり者。

正四品の『美人』でありながら皇帝のお通りどころか面会すらなく、すぐに実家へ帰されるのではないかと専《もっぱ》らの噂だ。

「大事な助手の主がどのような人物なのか、実際に目で見て確かめたいだろうと思って今日は誘ったのだ。妃嬪《ひひん》の人となりでもわかれば、おまえも安心だろうからな」

峰風がいくら宰相の子息で高位の官吏といえども、皇帝の妃嬪《ひひん》に会う機会など年に数回ほどしかない。妃嬪《ひひん》たちが勢揃いする行事に出席しない限りは。

欣怡が何か事情持ちであることは、峰風もわかっている。

父である宰相が、侍女と護衛官に瑾萱と浩然を抜擢したことからもそれは明らかだ。

「可愛い助手がひどい目に遭わされていないか、心配だろう?」

「それは、そうだが……」

先日の昼餉の件で、その懸念は多少払拭されてはいる。

あえて、梓宸には言わないが。

「その恩着せがましい言い方が、妙に引っ掛かる」

「ハッハッハ、こういう時は素直に礼を言うものだぞ」

「………」

「どうした、遠慮はいらぬぞ?」

「……お心遣いに深く感謝いたします、梓宸殿下」

お返しとばかり、峰風は大仰に揖礼《ゆうれい》してみせた。

二人がやって来たのは、後宮内にある廟《びょう》だ。

建物の前に広がる石畳の上に舞台が設置され、周囲には篝火《かがりび》が焚かれている。

舞台に接する形で置かれた椅子を背に、礼部尚書が立っていた。

梓宸に気付くと、恭しく揖礼《ゆうれい》する。

「梓宸殿下、祭祀の準備は万全でございます」

「それはご苦労様。それで、今日の祭祀は具体的に何をするのかな？」

「欣怡妃に、五穀豊穣の舞を舞っていただきます。豊穣神様への奉納舞でございます」

「ほう……それは、実に興味深いね」

梓宸の瞳がきらりと輝く。

国がどんなに最善を尽くしてきても、数年に一度は飢饉が起きてしまう。

年々被害は減少傾向にあるとはいえ、飢饉自体を無くすことが最重要課題だった。

そこで、国の上層部が出した結論が『神に祈る』こと。つまり、神頼みというわけだ。

隣国の月鈴国のように巫女を迎え、豊穣神へ五穀豊穣を祈念する計画。

それが、ようやく始動したのだ。

「引きこもり妃嬪《ひひん》にそんな重要な役目があったとは、知らなかったな」

口角を上げにこやかに微笑んでいる様も、峰風から見ればただ悪だくみを考えているようにしか見えない。

「ですので、今回の立ち会いは小人数に留めております。廟の周辺は宦官たちによって守られておりますが、彼らもここで何が行われるのかは知らされておりません。どうか、ここでご覧になったことは——」

「ああ、もちろん誰にも言わない。峰風もわかっているな？」

「はい」

このような場に自分が立ち会っていいものなのか、峰風は迷った。

しかし、自ら辞去を申し出る前に梓宸から先手を打たれてしまう。

それは、峰風ならば他言しないという主からの絶対的な信頼の証だった。

「ところで、欣怡妃には会ったの？」

「先ほど、面会いたしました」

「で、どんな女性だった？」

「それが、頭から面紗《ベール》を被っておられまして、お顔までは……」

「ふ〜ん、皇帝陛下以外の男には顔を見せないってことなのかな。あっ、言葉は通じるよね？」

「はい。会話は問題ございません」

「そっか……」

再び考え込んだ梓宸に着席を促し、礼部尚書が隣に座る。

護衛官は皇子の後ろに立ち、峰風はその隣に立った。

雲一つない夜空に、満月が浮かんでいる。

しばらくして、しゃりんしゃりんと鈴の音が聞こえてきた。

現れたのは一人の女性、欣怡だ。

裾の長い裳《スカート》の上に、同じく裾の長い羽衣を羽織っている。

頭から面紗《ベール》を被り、顔を見ることはできない。

欣怡は舞台の中央に立つと、ゆっくりと揖礼《ゆうれい》をする。

そして、奉納舞が始まった。

◇◇◇

羽衣の幅広の袖が、欣怡の動きに合わせて軽やかにひらりと流れる。

それに同調するように、面紗《ベール》に付けられた鈴がしゃりんと音を奏でる。

くるりと体が回転するたびに、裳《スカート》の裾がふわりと広がる。

体の傾き、腕の動き、足の運び。

すべてが計算しつくされた美しい奉納舞を、立ち会い人たちは息を凝らし瞬きをするのも忘れ見入っていた。

華霞国の伝統的な衣装を身に纏っているはずなのに、月明かりに照らされた欣怡はまるで空から舞い降りた天女のよう。
いつまでもこの舞を見ていたい。誰もがそう思うほど、欣怡の舞は美しく見事だった。
しかし、終わりは必ずやってくる。
欣怡は左手を天に掲げ、動きを止めた。
静寂のなか、最後に鈴がしゃりんと鳴った。
──左手の甲が光を帯びていたことに気付いた者は、誰もいない。

(なんとか踊り切った──!)
舞い終えた凛月の心の声だった。

時は遡り、満月の日の早朝。
凛月は瑾萱が起こしにくる前に目を覚まし、すぐに鏡で自分の顔を確認した。
(やっぱり、変わっている……)
鏡には『銀髪・紫目』の女性が映っていた。
昨夜、就寝前から左手に違和感を覚えていたから、なんとなく予感はあった。
それでも一縷の望みをかけていたが、その願いも空しく終わる。

気持ちを切り替え、瑾萱と浩然にどう説明しようかと思案を始めたとき、扉の外に人の気配がした。

「凛月様、おはようございます！　失礼しま～す」

今朝も元気に瑾萱が部屋に入ってくる。しかし、いつもよりも時間が早い。

凛月が顔を隠す間など全くなかった。

「凛月様、今日も良いお天気……」

「おはよう。本当に良いお天気ね」

言葉を失っている瑾萱へ、まずは微笑みかける。

それから、普段通りに挨拶をした。

「驚かせて、ごめんなさい。見た目は変わってしまったけど――」

「誰⁉」

事情を説明する前に、瑾萱の悲鳴に近い叫び声が宮中に響き渡った。

叫び声で部屋に駆けつけてきた浩然は、寝台にいる凛月を鋭い目つきで凝視している。

同じ顔でも、髪色や瞳の色が変わるだけで印象は大きく変わる。

不審者だと排除されないよう、凛月は「浩然、私よ！」と声をかけた。

「その声は……凛月様ですか？」

「えっ、凛月様⁉」

「そう、姿がこんなことになっているけどね」

幾分落ち着きを取り戻した従者二人へ、凛月は状況の説明を始める。

理由は不明だが、先月から満月の日にだけ髪と瞳の色が変化してしまうことを冷静に語った。

「豊穣神から加護を受けた月鈴国の巫女見習いは、皆この容姿なの。私一人だけが、違っていただけで」

「では、凛月様も本来の姿に戻られたということでしょうか？」

「う～ん、それがよくわからないから、困っているのよね」

前回とは違い、朝になっても元の姿に戻らない。手の証もくっきりとしたままだ。

やはり、師の言う通り巫女としての力がついに覚醒したのだろうか。

問題なのは、明日以降もこの姿のままなのか、また元に戻ってしまうのか。

それによって、今後の凛月の取るべき行動が変わってくる。

黒髪・黒目に戻った場合は、これまで通り。何も変わらない。

しかし、変化したままであれば、もう『宦官の子墨』には戻れない。

国民のほとんどが黒髪・黒目のこの国で、銀髪・紫目は非常に目立つ。目立ちすぎる。

欣怡は異国から嫁いできたことになっているから、問題はない。

子墨の見た目の変化を周囲へどう説明すればいいのか、上手い言い訳が思いつかない。

「まずは、旦那様へご報告をしておきましょう」

「至急の案件ということで、私が直接書簡を届けに参ります」

朝餉のあと、さっそく浩然は宰相へ書簡を届けにいった。

凛月と瑾萱は、今夜の奉納舞の儀式の準備に取り掛かる。


――その日の午後。

凛月、瑾萱、浩然の三人は廟の中にいた。

外では、宦官たちが舞台の設置作業に追われている。

頭から布を被り姿を隠した凛月が建物に入ったのは、設置作業が始まるよりもかなり前の時間だった。

すべて、宰相からの指示に従っての行動だ。

書簡の文脈からは、凛月の姿が変化したことに対しての戸惑いが読み取れた。

容姿が変わる理由がはっきりするまでは、絶対に姿を見られないように！　と、念押しで二度書いてある。

祭祀を取り仕切るのは礼部のため、今回宰相は手が出せないこと。

指揮をとる礼部尚書は、欣怡の正体については何も知らないこと。

皇帝の名代《みょうだい》として、儀式に第一皇子が立ち会うことが決まったこと。

奉納舞を見届けるのは第一皇子と礼部尚書（と護衛官）だけで、他の者は一切廟に近づけないよう手配されていること。

儀式の進行に関しては、礼部尚書に従ってほしいとあった。

「私のせいで瑾萱と浩然にはいろいろと負担をかけてしまって、本当にごめんなさい」

祭祀に必要な衣装や道具などは、すべて廟の中に用意されていた。

しかし、今日の着付け・化粧・髪結いなどはすべて瑾萱一人の手にかかっている。

浩然は、ほぼ毎日外廷へ出仕する子墨の送迎がある。

それ以外にも、宮の維持・管理を二人だけで行っているのだ。

「何を仰っているのですか。私は毎日楽しく仕事をさせてもらっていますよ。だって、普通の妃嬪《ひひん》様付きでは経験できないことがたくさんありますから！」

「私も、瑾萱と同じ気持ちでございます。凛月様付きにならなければ、今夜の奉納舞を拝見することも叶わなかったのです」

「二人とも……ありがとう」

こぼれ落ちそうになる涙を、グッと堪える。

頑張ってくれる彼らのためにも、今夜の奉納舞は絶対に失敗できない。

凛月は気合を入れ直した。

てきぱきと準備が進められていく。

化粧は瑾萱が、髪結いは浩然が同時にこなしていった。

瑾萱から「浩然は手先が器用で、髪を結うのが上手なんです！」と話を聞いていた凛月が、驚く瑾萱と固辞する浩然を説き伏せた形だ。

「こんなところを旦那様（宰相）に見られでもしたら、お叱りを受けます」

「瑾萱の負担を軽減する意図があるのは理解できるのですが、凛月様はもう少しお立場をご自覚いただきたい」

浩然が宦官とはいえ、侍女以外の者が体に触れることに何のためらいもない凛月に、瑾萱と浩然はそれぞれ苦言を呈する。

世間知らずな平民主に、従者二人の気苦労は絶えない。

浩然は凛月の髪を頭のてっぺんで一括りにし、綺麗に纏める。その上から面紗《ベール》を被せ、簪《かんざし》でしっかり留めた。

これで、舞の最中に面紗《ベール》が落ちることはない。

凛月は試しにくるりと回転したが、びくともしない。これなら、立ち会い人に顔を見られる心配もない。

大満足の出来栄えだった。

「そういえば、鈴はあるの？　月鈴国では領巾《ひれ》に付けていたけど、この衣装には合わないから……」

用意されたのは、華霞国の伝統的な衣装だった。

薄い布地で作られた幅広の袖が特徴的な羽衣に、同じように薄い布で作られた裾の広い裳《スカート》。

舞うたびに広がり流れる様は綺麗だが、これに領巾《ひれ》は合わない。

「でしたら、面紗《ベール》に取り付けましょう。ちょうど、重しにもなりますし」

「それは、いい考えね！」

強風が吹いても面紗《ベール》が捲りあがらないように、念には念を入れておく。

「せっかく綺麗な花鈿《かでん》を描いてもらったのに、面紗《ベール》で隠れてしまうのだけが残念ね」

凛月の額には、月と花を模した花鈿が描かれている。

月鈴国では、手の甲に証があることもあり巫女見習いたちが花鈿をすることはなかった。

華霞国では、妃嬪《ひひん》が祭祀を行う際は必ず描くのだという。

初めての体験に、凛月は興味津々。花鈿を大層気に入ったのだった。

夕刻になり、礼部尚書が挨拶にやって来た。

儀式の説明を聞いたあと、当たり障りのない話をする。

(そういえば、欣怡妃として面会するのは礼部尚書が初めてね)

子墨のときは地声で話しているため、欣怡では声の調子をやや低めに。言葉遣いは、妃嬪《ひひん》らしく上品さを心掛けた。


日が落ち、満月の光が舞台を明るく照らす。

立ち会い人へ揖礼《ゆうれい》をした凛月だが、面紗《ベール》越しで相手の顔はまったく見えない。四名の人物は、第一皇子と礼部尚書、それぞれの護衛なのだろう。

誰の前であろうと、自分は全力を尽くすのみ。

凛月は一度深呼吸をした。

奉納舞が始まってすぐに、左手の証が光を帯びていることに気付く。

面紗《ベール》越しでもわかるくらいだから、立ち会い人にも見えるかもしれない。おしろいは塗ったが痣が濃いため宮にあるものでは隠しきれず、後日、瑾萱が新たなものを探してくる手筈となっている。

立ち会い人とは距離があるため、今日のところは大丈夫だと油断をしていた。

途端に嫌な汗が吹き出てくる。羽衣の長い袖を最大限まで伸ばし、必死に証を隠す。

体の動きに合わせて手のひらを素早く何度も返し、左手の甲をあちら側に向けないよう必死だった。

永遠とも思える時間が終わり、思わず心の中で絶叫する。

その場にへたりこみそうになるが、最後の力を振り絞り揖礼《ゆうれい》。そして、優雅に見える動作で足早に退場する。

『凛月、退場するまで気を抜いてはなりませんよ！』という師の声が、聞こえたような気がした。

◇◇◇

凛月へ声をかけたのは、師ではなく第一皇子だった。

しばし惚けていた峰風は、梓宸の声に我に返る。

まるで、常世《とこよ》から現世《うつしよ》へ戻ってきたような心持ちだ。

「天女様は、天界へ戻られてしまったね。とても素晴らしい舞だったから、皇帝陛下に代わって労いの言葉をかけようとしたのだけど……」

「欣怡妃は廟におられますから、わたくしがお供いたしますが？」

「いや、止めておく。あれだけの舞を舞ったあとだ。きっと疲れているだろうし」

礼部尚書が随行を申し出たが、梓宸は首を横に振った。

「次の『端午節《たんごせつ》』まで、楽しみはとっておくよ。では、私はこれで失礼する。峰風、行くぞ」

さっさと歩き出した主のあとに峰風も続くが、足取りは重い。本当は、まだあの場に留まり余韻に浸っていたかった。

少し歩いたところで、梓宸は峰風へ顔を向けた。

「おまえは、欣怡妃の舞をどう見た？」

「とても素晴らしい舞だったと思う。それも、俄《にわか》仕込みではなく、かなりの名手と見た」

先ほどまでぼんやりとした感覚だったが、徐々に元に戻ってきている。

しかし、舞を舞う欣怡の姿はしっかりと峰風の脳裏に刻み込まれた。それだけ、衝撃的な出来事だった。

これから満月を見上げるたびに、きっと何度も思い出すことだろう。

「私もそう思う。だが、あの舞は私たちがこれまで見てきたものとは一線を画す。満月の下で舞うことを想定したような所作。おそらく……『月鈴国の奉納舞』だろうな」

月鈴国の奉納舞の話は、峰風も知っている。

毎月、満月の夜に巫女が豊穣神へ奉納舞を捧げていることを。

「しかし、欣怡妃の出身国は違うだろう？」

「属国の王の遠戚の娘と聞いているが、もしや、元巫女か、元巫女見習いかもしれぬ」

たまたま手に入れた女性が、月鈴国の元巫女だった。だから、政治の道具として利用した。

よくある話だと梓宸は笑う。

そして、それを知った上で華霞国は受け入れたのだと。

「欣怡妃が月鈴国の元巫女かどうかは、顔と左手を確認すればすぐにわかるぞ。噂によれば、豊穣の巫女は、あらゆる植物を掌《つかさど》る豊穣神の化身だそうだ。元巫女見習いを含めて皆『銀髪に紫目』で、左手の甲に豊穣神から加護を受けた証である『麦の穂』の痣があると」

「では、欣怡妃が宮に引きこもっているのは……」

「周囲へ正体を隠すためだとしたら、どうだ？　今日の祭祀が必要以上に秘されている理由も、欣怡妃が巫女だと知られないためと考えれば納得だ。皇帝陛下がお通りをされないことも……」

すべては、国で唯一の大事な巫女を守るため。

女の嫉妬や憎悪ほど恐ろしいものはない。皇帝の寵愛を受けただけで、欣怡が他の後宮妃からどのような目に遭わされるか。

峰風の頭に、それをやりかねない人物の顔がすぐに思い浮かんだ。

皇帝はわざと無関心を装うことで、悪意から遠ざけているのだと梓宸は断言した。

「まあ、いつまでも隠し通せないだろうから、いずれは正体を明かして巫女として国に正式に迎えることになるだろう。そして、時機をみて臣下へ下賜されるのが最善策だな」

「おまえの正妃になる可能性もあると思うが？」

「それをすれば、結局今と同じ状況になるぞ。巫女に我が国で生涯安穏に暮らしてもらえば、国の安寧《あんねい》に繋がる。だから、その夫となる者は、妾を作らない誠実な人物である必要がある。たとえば……峰風、おまえとかな」

「はあ？」

「二人とも同じ宦官を気に入っているのだ。きっと、気が合うぞ」

ハッハッハ！　と高笑いをする主を、峰風は思いきり睨みつけたのだった。

◆◆◆

「端午節《たんごせつ》……もう、そんな季節なんだ」

「はい。厄除けの行事なのですが、この国では庭園の白菖《ショウブ》や燕子花《カキツバタ》を観賞する会でもあります。それに、昼餉も出ます」

瑾萱の説明を聞き、凛月は記憶をたどる。

「月鈴国では、毎年粽《ちまき》を食べていたわ。でも、時期はもっと早かったし、花を観賞することもなかった」

「華霞国でも粽《ちまき》は食べますよ。でも、端午節《たんごせつ》の開催時期は毎年変わります。燕子花《カキツバタ》の開花に合わせていますので」

「燕子花《カキツバタ》を愛でながらの食事とは……風情があるのね」

凛月が華霞国へ来てから、もうすぐひと月になる。

欣怡は奉納舞の儀式は行ったが、表立っての活動は何もしていない状態だ。

こういった行事の支度は、正四品である『美人』たちの職務とのこと。

「私も、他の美人と一緒にやらなければいけないのよね？」

「凛月様は奉納舞の務めを果たしていらっしゃいますので、それはありません。ただ、妃嬪《ひひん》として行事に参列する義務がございます」

　これまでお茶会などは断ってきたが、さすがにこれは逃れられないようだ。

「面紗《ベール》を被るのは、問題ないの？」

「欣怡妃の国では『夫以外の者に、顔を見せてはならない掟がある』とか何とか……おそらく、旦那様が上手い言い訳を考えられるでしょう！」

「ははは……結局、いつものように宰相様任せになってしまうのよね」

　端午節《たんごせつ》には、妃嬪《ひひん》たちだけでなく皇帝や皇子、高位官吏たちも列席するとのこと。美しい花を観賞でき食事も出るため、凛月としても参加すること自体は楽しみである。

　しかし……

「今日で、三日目か」

　祭祀以降、子墨は助手の仕事をずっと休んでいる。

　表向きは体調不良となっているが、本当の理由は、凛月の姿が元に戻らないから。

　巫女としての務めをひとまず終え、これから峰風の下で樹医の勉強に励もうと張り切っていたのに、出端《でばな》を挫かれてしまった。

　このままでは、助手を首になってしまう。

　子墨、最大の危機だ。

「姿が戻らないのは、本当に困るわ」

「凛月様、髪を染めるのはいかがでしょうか？　何かよい染料がないか、私が探して参ります」

浩然の提案は、凛月も一度は考えたことだ。

黒から銀髪は難しいが、逆ならできないこともない。

「髪はそれでよくても、目の色だけはどうしようもないのよね」

以前は真っ黒だった瞳が、今は紫色になっている。

こればかりは、ごまかしようがない。

結局、何の解決法も見つけられないまま、姿も戻らないまま、『端午節《たんごせつ》』の当日を迎えた。


（これは、圧巻の光景だ）

池のほとりに設営された『美人』用の席に座る凛月は、見頃を迎えている燕子花《カキツバタ》ではなく華やかな衣装を身に纏った妃嬪《ひひん》たちを面紗《ベール》越しに眺めていた。

今日は、正五品までが参列している。

九名いる美人の中では末席に座る凛月の隣には、正五品の『才人』たちが続く。

凛月からは離れた上座に皇帝がおり、その両隣には第一・第二皇子の姿が。他の皇子・公主は成人前のため、今日は招かれていないとのこと。

初めて目にする皇帝は稀にみる美丈夫で、遠くからでも圧倒的な存在感を放っている。

第二皇子の麗孝は、第一皇子の梓宸に負けず劣らず見目は良かった。

兄弟の顔を見比べてみると、梓宸のほうが皇帝によく似ていることがわかる。

先日の枇杷《びわ》の一件もあり、峰風へ無理難題を吹っ掛けた麗孝に対して、凛月はあまりよい感情を持っていない。

その被害者である峰風の姿を捜したが、同じ官服を着た者が大勢おり見つけられなかった。

第一皇子に続く皇帝に近い最前列は、国の重鎮たちの席。

面識のある宰相と礼部尚書だけはわかった。

第二皇子の次は、正一品と呼ばれる『貴妃、淑妃、徳妃、賢妃』ら四夫人の席。

麗孝の生母である貴妃が、すぐ隣に座っている。

その後に、正二品、正三品と続く。

本来であれば、皇帝の隣には皇后（梓宸の生母）が座る。しかし、亡くなっているため現在は空席のまま。

四夫人がその座を巡り争っていると、凛月は瑾萱から聞いた。

「孔雀が羽を広げるように、衣装と装飾品で飾り立て皇帝陛下へ訴えかけるんですよ！」だそうだ。

話を聞いたときは思わず想像してしまい、盛大に吹き出してしまった凛月だった。

他の妃嬪《ひひん》たちは、正一品と衣装の色が被らないよう尚服が用意した物を粛々と着ている。

ちなみに、欣怡妃用に用意されたのは薄紫色の地味なもの。

池に咲き誇る燕子花《カキツバタ》の紫に負け、周囲に埋没し、ほとんど目立たない。

瑾萱は「絶対に、他の妃嬪《ひひん》様たちからの嫌がらせですよ」と苦笑していたが、別に目立つ必要のない凛月は喜んで着ている。

凛月は、次々と出される料理に舌鼓を打っていた。

周囲は隣同士で談笑するなど和やかな雰囲気も感じられる。

しかし、お茶会に参加していない欣怡に知り合いはいない。

宮では話をする瑾萱と浩然も、今日は少し離れた後ろに控えているため話し相手もいない。

(食べ終えたら瑾萱を解放してあげて、浩然を供に後宮の庭園を散歩しに行こう)

せっかく宮の外に出てきたのだから、のんびり見て回りたい。

今日は、後宮の女官たちにとって外廷に勤める官吏たちと知り合える数少ない絶好の機会。

妃嬪《ひひん》に付き従う侍女たちも、この日ばかりは張り切って身支度を整える。

もちろん、瑾萱もその一人。

いつも世話になっている凛月の、せめてものお返しのつもりだ。

浩然には、あとで何か美味しいものをこっそり差し入れしようと考えている。

「……面紗《ベール》を被ったままでは、食べ難くありませんの？」

話しかけてきたのは、隣に座る同じ『美人』の妃嬪《ひひん》だった。

「そうですね。汚さないように、気は遣います」

本音を言えば、面紗《ベール》を取っ払ってもぐもぐ食べたい。

気を付けながらちょこちょこ食べても、正直食べた気がしないのだ。

「まったく姿をお見掛けしませんので、どのような方なのかと思っておりましたが、言葉も通じますし本当に普通の方なのですね……とにかく、お元気そうで良かったですわ」

欣怡は、どのような人物と思われていたのだろうか。お茶会の席で、あらぬ噂を立てられていたのは間違いない。

『普通の方』は褒め言葉ではないような気もするが、妃嬪《ひひん》の口調から悪意は感じられない。体調を気遣う言葉もあった。

欣怡が異国から嫁いできたと知っているようなので、自分たちと何ら変わらないという意味なのだろう。

「お気遣いいただき、ありがとうございます」

凛月は肯定的に受け取った。

「欣怡様、貴妃がお呼びだそうです」

瑾萱の声に振り向くと、見慣れぬ侍女が立っていた。

貴妃といえば、皇后に次ぐ高位の妃嬪《ひひん》だ。後宮の事情に疎い凛月でもそれくらいは知っている。

そんな御方が、欣怡に何の用だろうか。

「食事中に、お伺いしてもいいのかしら？」

料理をすべて食べてから行きたいと、凛月は正直に自分の希望を述べる。

まだ、楽しみにしていた粽《ちまき》を食べていない。

しかし、言葉の意味を理解した瑾萱が苦笑しながら首を横に振った。

「貴妃は、『今から』と仰っているそうです。ですから、すぐに参りましょう」

「……わかりました」

普段、宮で食べている料理も美味しいが、行事のときに出されるものは更に工夫をこらした料理が多い。

面紗《ベール》で食べ難さはあるが、それでも凛月は楽しんで食事をしていた。

それだけに、残念に思う気持ちが強い。

後ろ髪を引かれつつ、侍女の後をついて行った。


案内されたのは、凛月たちの場所とは違い広々とした席。

そこに鎮座するのは、派手で豪華な衣装に、頭に歩揺冠《ほようかん》や簪《かんざし》がこれでもかと盛られた女性。貴妃の雹華《ヒョウカ》だった。

化粧が濃すぎて、却って薹《とう》が立った印象を受ける。

後ろには侍女を数名従え、まるで皇后の貫禄だ。

「欣怡妃、そこにお座りなさい」

凛月を一瞥すると、雹華は顎をしゃくり命令する。

立場上は同じ妃嬪《ひひん》であるはずなのに、まるで女官か下女に対する言動。

瑾萱の頬がヒクッと動いたが、平民の凛月は何も気にならない。

言われるがまま、その場に腰を下ろした。

「あなたは後宮に入内してひと月になるけれど、お茶会に参加しないばかりか妃嬪《ひひん》としての職務も果たしていないそうね？」

欣怡がお茶会に参加していないのは事実だが、妃嬪《ひひん》（巫女）としての務めはきちんと行っている。

まだ、一度だけではあるが。

「他の『美人』に今日の支度も押し付け、素知らぬ顔をしていると聞いております」

「それは……」

わたくしは別の職務を担っておりますので、と言ってしまっていいのだろうか。凛月は迷った。

欣怡が奉納舞を舞っていることは箝口令《かんこうれい》が敷かれ、立ち会い人以外は誰も知らない。

宰相へ確認もせずに口にすることが憚られた。

「職務を果たさぬ者に、後宮妃の資格はございません」

雹華は大仰に周囲へ顔を向ける。

「皆さまも、そうお思いになるでしょう？」

貴妃から同意を求められ「わたくしも、そう思いますわ」と同調する者、曖昧に微笑む者。

麗孝は「母上、何もこんな衆目の中で苦言を呈さずとも……」と言いつつ、顔はニヤニヤと下種な笑みを浮かべている。

宰相と礼部尚書は、揃って困惑の表情を浮かべている。

梓宸はこちらに視線は向けているが、表情は変わらない。

我関せずの態度を貫くのは、皇帝と他の三夫人だった。

ここで、皇帝が欣怡の肩を持つことはできない。

これまで無関心を装ってきた意味がなくなるからだ。

「いつまで経っても体調が優れないのであれば、自ら宿下がりを願い出るのが筋ではなくて？」

（そういうことか……）

凛月は、ここでようやく呼び出された理由に気付いた。これは、雹華による欣怡妃への制裁と周囲への見せしめなのだと。

新参者のくせに挨拶にも来ない。お茶会の誘いも断る。

だから、わざわざ大勢の前で欣怡を吊るし上げ、上級妃の立場で叱責する。

欣怡が反論すれば、ここぞとばかりにさらに貶め、もし泣き出せば優しく諭す。

どちらに転んでも、雹華の行動は周囲からは後宮の秩序を守るためと好意的に受け取られる。

雹華が、これまで何人もの妃嬪《ひひん》を後宮から追い出してきた。もしくは、懐柔し手駒を増やしてきたであろうことは想像に難くない。

さすがは後宮を生き抜いてきた御方だと、凛月はその手腕に感心してしまった。

では、凛月はどう対応すればいいのだろうか。

お茶会に関しては、理由があるにせよ欣怡が礼儀を欠いていることに違いはない。

そこは、謝罪をするべきなのだろう。

しかし、欣怡のためを思っての苦言ならば、このように皆の前でことを大袈裟にする必要はない。

雹華のやり方には非常に悪意を感じる。

そもそも、最初から欣怡を許すつもりもなさそうだ。

（よし、決めた！）

凛月は早々に結論を出した。

ここでの一番良い選択は『何も語らない』こと。つまり、否定も肯定も言い訳もしない。

沈黙を貫けば、秘密も守られる。

面紗《ベール》で顔が隠れているのを良いことに、凛月は目を閉じる。ただ時が過ぎるのをじっと待つことにした。

欣怡が黙り込んだため、雹華の口調がより強く激しくなる。

しかし、雹華からどんな口撃を受けようとも、凛月にはどこ吹く風だ。

胸が痛むこともなければ、悲しくもならない。

長年、桜綾からの面倒な絡みを受け流してきた経験がここで活かされていた。

——ただ一つ、粽《ちまき》を食べられなかったことだけが心残りだった

◇◇◇

皇帝の御前で繰り広げられる光景を見て、やはり今年も始まったかと峰風はうんざりした。

ただでさえ食欲がないところに、さらに減退させられる。

端午節《たんごせつ》は、本来は厄除けの行事である。

そこに、見頃を迎える燕子花《カキツバタ》を愛でながら食事をするのはどうかと提案したのが今は亡き皇后だった。

皇后は、草花を慈しむ情緒豊かな女性であった。

彼女が健在のころは、和やかな雰囲気の中、皆が思い思いに花を観賞し寛いでいたことを峰風は覚えている。

それが殺伐としたものへ変化したのは、皇后が亡くなり雹華が台頭してからだ。

国の重鎮を父に持ち貴妃でもある雹華へ、意見できる者などいない。

皇帝は、あくまで中立の立場を取る。

結果として行事の場で虐めが公然と行われ、毎年いずれかの妃嬪《ひひん》が列席者の前で泣かされ取り乱す。

官吏たちの中にはそれを毎年の余興と捉え、「今回は、誰が貴妃の犠牲者になるのか？」と賭けをする者までいるほど。

今年の一番人気は、欣怡だった。

峰風は席を立つ。他の官吏たちのような傍観者には、自分はなれない。

非のない欣怡が責め立てられている姿など、見ていられなかった。

歩き出したところで、梓宸の従者から主が呼んでいると声をかけられた。

「梓宸殿下、お呼びでございますか？」

「これからおまえに良い物を見せてやろう。そこに控えていろ」

「かしこまりました」

梓宸の瞳が妖しく光る。

主もこの状況に不快感を持っているようだが、一体何をするつもりなのか。

峰風は欣怡へ視線を向ける。こうして改めて見ると、小柄な女性だ。

体の線が細く、先日見事な奉納舞を舞っていた人物とは到底思えなかった。

相変わらず雹華からの攻撃は続いている。

欣怡は、綺麗な姿勢で真っすぐ前を向いたまま微動だにしない。

面紗《ベール》で表情は窺いしれないが、これまでの妃嬪《ひひん》たちであればとっくに泣き崩れているほどの状況にもかかわらず、肩が震えることもなく声一つ上げない。

見た目の印象とは違うあまりにも堂々とした欣怡の態度に、峰風の中にある疑いが芽生える。

（もしや……貴妃の話を聞いていないのか？）

そう考えると、欣怡の後ろに控える瑾萱の顔が必死に笑いを噛み殺しているように見えてきた。

突然、欣怡がガクンと揺れた。峰風は思わず吹き出しそうになり、慌てて口を押さえる。

いま、欣怡は明らかに舟を漕いでいた。

（ハハハ、まさかこの状況で居眠りまでするとは）

その豪胆さには、呆れを通り越して尊敬の念さえ覚える。

これは、欣怡妃なりの抗議を示した態度なのだと察した。

雹華の言い分がすべて間違っていることを、峰風たちは知っている。

しかし、箝口令が敷かれているため誰も欣怡を庇うことはできず、彼女自身もそれを理解している。

だから、せめてもの些細な抵抗なのだと。

◇◇◇

いつまで経っても何の反応も示さない欣怡に、周囲がざわつき始めた。

泣き崩れることもなく、反論することもなく、言い訳をするでもない。ただ黙って貴妃の前に座り続ける妃嬪《ひひん》。

雹華としては、このままでは振り上げた拳の落としどころが見つからない。

欣怡は反省の弁を述べず、泣き出すこともない。自ら後宮を出て行くとの言質も、未だ引き出せていない。

雹華が、ひとりで延々と叱責と嫌味を繰り返していただけ。

このままでは、貴妃としての立場がない。

何か良い手立てではないか。雹華は次の策を巡らせる。

ふと目に留まったのは、欣怡が被っている面紗《ベール》だった。

「……貴妃、それはお止めになったほうが身のためですよ」

面紗《ベール》に手をかけようとした雹華を制したのは、梓宸だった。

冷ややかなまなざしが、真っすぐ射抜いてくる。

第一皇子のおどろおどろしい迫力に、さすがの雹華も怯んだ。

「母上は、後宮の秩序を乱す者を正しているだけです！　兄上に口出しされる謂《いわ》れはない!!」

「何も事情を知らぬ半端者が、偉そうに口を挟むな」

反論した麗孝を、梓宸はまるで虫けらでも見るような目つきでバッサリと切り捨てた。

「『半端者』とは、いくら梓宸殿下といえども少々口が過ぎますわね！」

自分の子を『間抜け』呼ばわりされ、雹華が色めき立つ。

気色ばむ母子とは対照的に、梓宸の表情は変わらない。

一触即発の事態に、おろおろとする者。静かに成り行きを見つめる者。好奇のまなざしを向ける者。

周囲の反応は様々に分かれた。

「私は事実を述べただけですが、お気に障ったのであれば謝罪いたします。しかし、罪なき者へ制裁を加えるのは、たとえ上級妃であろうと許されません」

「どういうことかしら？」

「欣怡妃は、きちんとご自分の務めを果たしておられますよ。あなた方が知らないだけで」

「兄上は、知っているというのか？」

麗孝の問いかけを無視し、梓宸は皇帝へ向き直る。

「おそれながら、皇帝陛下へ申し上げたき儀がございます」

「……許す」

「ご覧の通り、欣怡妃が謂れのない嫌疑を受けております。何卒、妃の職務の開示をお許しください」

「……劉帆、あとは其方に任せる」

「御意」

指名を受けた宰相は立ち上がると、説明を始める。その顔には、安堵の表情が垣間見えた。

欣怡の務めは『祭祀で舞を舞うこと』と聞き、すぐさま雹華が声を上げる。

「なぜ、そのような重要なお役目を、新参の妃嬪《ひひん》にさせるのです？　わたくしは師範を持っておりますから、ぜひわたくしに！」

「おそれながら、雹華妃には貴妃としての大事な職務がございます。それに、こちらに関しましては美人の職務に該当するかと」

「でしたら、同じ美人の翠蘭《スイラン》が適任です。彼女は、わたくしに次ぐ舞の名手ですから」

「しかし、それは……」

舞は舞でも、ただの舞ではない。奉納舞だ。

豊穣神の加護を受けた巫女の凛月が行わなければ、意味がない。

それを口にできない宰相は、答えに窮する。

奉納舞の祭祀を極秘に敢行し、凛月を表舞台に出さないようにしてきたのは、この雹華がいるからだった。

雹華は、何事も自分が一番でなければ気が済まない性分だ。

舞に関しては自負もある。

欣怡の正体が特別な舞を舞う巫女と知れば、彼女に対し何を仕出かすかわからない。

「舞い手が欣怡妃でなければならない理由を、ぜひ教えていただきたいわ」

雹華は宰相に詰め寄る。

「そうだわ！　今から欣怡妃に皆の前で舞ってもらいましょう」

パン！　と、乾いた音がした。

「相応の実力を示してもらわなければ、わたくしは到底納得ができません。皆さまも、そう思われるのではなくて？」

手を叩き周囲の注目を集め、雹華は場の主導権を握る。

賛同者を集め皇帝へ許可を求める姿を見て、宰相は小さくため息を吐く。

たとえ、欣怡がどんなに上手く舞ったとしても、雹華が言いがかりを付けるのは明白だった。

「欣怡妃は、どうされるのかしら？　辞退されるのであれば、今のうちですわよ」

挑戦的な視線を送る貴妃に、新参の妃嬪《ひひん》はどう答えるのか。

皆が固唾を呑んで見つめる。

「ご命令とあらば、舞わせていただきます」

欣怡は即答だった。躊躇する様子など、微塵も見られない。

挑戦を受けて立つ姿に、「おお！」っと周囲から歓声が上がった。

ここで凛月が受けなければ、さらに面倒なことになっていた。

宰相は心の中で感謝しつつ、必要な道具がないかを尋ねる。

返ってきた答えは、「扇を一つと、細長い布を二枚用意してほしい」だった。


急ぎ設営された舞台に、欣怡が立つ。

前回とは違い、沓《くつ》は履いておらず裸足のまま。両手には布が巻かれ、右手に持っている扇は閉じられている。

観客が興味津々で見つめるなか、梓宸の後ろに控えた峰風は浮き立つ心を必死に抑えていた。

まさかこのような場で再び欣怡の舞を観ることが叶うとは、思ってもいなかった。

「さすがに、アレはこの場では舞わぬか。特別な舞だから、仕方ないことだが」

少々どころかかなり残念そうな主の呟きに、峰風も心の中で同意する。

あの舞がもう一度見られるのならば、どれだけ大金を支払ってもよい。

それほど、峰風は魅了されていた。

欣怡は、皇帝へ向かって揖礼《ゆうれい》をする。そして、扇を構えた。

◇◇◇

扇が次々と空《くう》を切り裂いていく様を、観客は身動《みじろ》ぎもせずに見つめていた。

一つ一つの動作が素早いにもかかわらず、すべてが洗練されている。

欣怡が振り下ろすたび、薙ぎ払うたびに、扇が一閃しているような錯覚さえ覚える。

指先一本に至るまで全神経が張り巡らされ、一切ぶれることはない。

「これは……剣舞か。手にしているのが扇ではなく剣であれば、さらに迫力があったであろうな」

梓宸の見立てどおり、これは模造刀で舞う剣舞だ。

中秋節の日に、豊穣の巫女が皇帝の御前で舞う特別な舞の一つである。

空を切り裂く動作は、厄を打ち払う姿を表している。

すべての厄を払い（剣舞）、五穀豊穣を祈念し（奉納舞）、豊穣神への感謝（感謝の舞）へと続く、三つの舞から構成される中秋節用の特別な舞。

その最初の部分に当たるため、先日の奉納舞より動きは激しく荒々しい。

本来、剣舞のときの衣裳は黒装束で、より力強く見えるよう演出がなされている。

凛月がこの舞を選んだ理由は、端午節《たんごせつ》に相応しい厄払いの舞だから。

模造刀を要望しなかったのは、皇帝と舞台との距離が非常に近いため。

手と模造刀を繋ぐ道具が用意できず、万が一手が滑った場合の大惨事を防ぐ手立てがなかったからだった。

欣怡は扇の先端をもう片方の手のひらに合わせると、動きを止める。

扇を足元に置き、ゆっくりと揖礼《ゆうれい》をした。

「……見事な舞であった。朕《ちん》より褒美を取らせる。欣怡、其方の望みを申せ」

皇帝から直々にお褒めの言葉と褒美を賜るなど、高位官吏や妃嬪《ひひん》であっても滅多にないこと。

欣怡が何を希望するのか、皆が注目する。

「では、おそれながら……わたくしは『粽《ちまき》』を所望いたします」

「……『粽《ちまき》』と申したか？」

虚を衝かれたように、皇帝の声がやや上擦った。

「はい。端午節《たんごせつ》なのに、粽《ちまき》を食べ損ねましたので」

凛月は、どうしても粽《ちまき》を食べたかった。

食い意地が張っているという自覚はある。でも、どうにも諦めきれなかった。

そんな時に皇帝から望みを聞かれたから、これ幸いと希望する。他意はない。

ところが、周囲はそう受け取らなかった。

全く非のない欣怡を食事中に呼びつけ、叱責し、舞を舞わせた張本人。欣怡が粽《ちまき》を食べ損ねた原因を作った雹華へ、様々な視線が注がれる。

「……その様に手配させる」

「ありがとうございます。できましたら、十ほどお願いいたします」

凛月と瑾萱は粽《ちまき》を三つずつ。浩然は四つの計算だ。

「……尚食、聞いておったな？」

「御意！」

直々に命を受けた尚食局の尚食は、すぐにこの場を後にする。

その日の夕餉に宮へ大量の粽《ちまき》が届くことになろうとは、凛月は想像もしていなかった。

◆◆◆

欣怡の剣舞は、奉納舞に勝るとも劣らない素晴らしいものだったと梓宸は振り返る。

剣（扇）捌き。体のキレ。躍動感。どれをとっても、見事の一言に尽きる。

奉納舞を『静』と表現するならば、こちらは『動』と言うべき全く正反対のもの。

最初は好奇のまなざしで見ていた者たちも、あっという間に欣怡の舞の虜になった。

非の打ち所がなく、文句のつけようもない素晴らしい剣舞。

舞が終わったあと、雹華の顔は屈辱に満ちていた。

あの顔が見られただけで、これまでの溜飲が下がる。

もう二度と「祭祀で舞を舞わせろ」などという身の程知らずな発言はしないだろう。

梓宸は黒い笑みを浮かべた。

もしかしたら、人前で舞うのも辞めてしまうのではないか。

そう思わせるほどの歴然たる実力差を、目の前で見せつけられたのだから。

梓宸は今回の結果に十分満足したが、さらに驚きの結末が待っていた。

欣怡が、皇帝へ「端午節《たんごせつ》なのに、粽《ちまき》を食べ損ねましたので（貴妃を何とかしてほしい）」と言ったのだ。

話の流れから考えると、欣怡は本当に粽《ちまき》を欲しているだけのようだった。しかし、別の意味に捉えた者も多い。

皇帝は周囲の誤解を利用して、ようやく重い腰を上げることにしたようだ。

傲慢で横暴さが日に日に目に余る雹華へ、何らかの処分が下るだろうと梓宸は予想している。

見事な舞で皆の心を鷲掴みにした欣怡。

雹華からひどい言葉を投げつけられてもじっと耐えていた健気な欣怡を擁護する者は、これからどんどん増えてくる。

これまで貴妃寄りだった官吏や妃嬪《ひひん》たちも、潮目を読み次第に離れていくのは時間の問題だった。

「フフッ、もう少しで（あの女は）終わる」

「もう少しで、終わる？」

「いや、こちらの話だ」

端午節《たんごせつ》のあと、梓宸は峰風の執務室にいた。

「それより、おまえの可愛い助手はずっと休んでいるのか？」

「祭祀の日からだから、もう数日になるか。今日も姿を捜したが、いなかったな」

「ハハハ、そんなに心配であれば、容体を尋ねればよかっただろう？」

「簡単に言うな。一介の官吏が、妃嬪《ひひん》に声をかけられるわけがない」

「うん？　なぜ、侍女を通さない？　あの者なら、おまえも普通に話ができるはずだが？」

「それは……」

峰風は口ごもる。

瑾萱へ話をするなど、最初から考えてもいなかったように見える。

（その反応……なるほど、そういうことか）

腹の底から湧き上がる歓喜を、梓宸は何食わぬ顔で抑え込む。

峰風の微細な変化を、友人として心から嬉しく思った。

雹華を懲らしめるために、欣怡に舞を舞ってもらうのは梓宸の計画の要《かなめ》だった。

ついでに、奉納舞を気に入った様子の峰風にもっと近い場所で見せてやろうと、わざわざ呼びつけ後ろに控えさせた。

それがこのような結果に繋がるとは、嬉しい誤算だ。

もう一押しで雹華は失脚する。いや、梓宸が失脚させる。

そうなれば、欣怡を正式に国の巫女として迎える日も近い。

大事な巫女を守るための形だけの後宮妃だったと周知されれば、欣怡へ求婚が殺到するのは目に見えている。

後宮妃は功を立てた臣下へ下賜されるのが慣例だが、欣怡はあてはまらない。

おそらく見合いの形式を取るはず。つまり、欣怡に選ばれたものが夫となれるのだ。

（さて、どうやって後押しするか）

あからさまに背中を押すと、峰風には逆効果となる可能性が高い。

それとなく、本人が気付かない自然な感じで欣怡と少しずつでも接点を持たせたい。

「何か、良からぬことを考えているだろう？」

「何の話だ？」

峰風の問いかけに、梓宸は素知らぬ顔でとぼけた。

「端午節《たんごせつ》のときも、おまえはその顔をしていたぞ。何をするのかと思っていたら、まさか貴妃をな……」

「私は欣怡妃を庇っただけで、他に何もしていない。あの女が勝手に自滅したのだ。このまま失脚してくれれば、なお良いが」

「敵に対しては、本当に容赦がないな」

「おまえだって、あの女には思うところが多々あっただろう？」

「まあ……来年の端午節《たんごせつ》は、静かに燕子花《カキツバタ》を観賞できそうで有り難いとは思ったかもしれん」

「ハハハ！　相変わらず素直じゃないな」

梓宸は席を立つと、峰風の執務室を後にした。

夕刻になり、空には半月が昇り始めている。

端午節《たんごせつ》が終わったあと、礼部へ祭祀に関する問い合わせが引っ切り無しにあったと聞く。

すべて、欣怡が舞を舞う祭祀への参列希望だったとのこと。

奉納舞には、礼部の中でもごく一部の官吏しか関与していなかった。

さらに、立ち会ったのが礼部尚書と皇帝の名代《みょうだい》である第一皇子だけと知り、麗孝が「なぜ、兄上だけが！」と荒れているとか。

峰風もいたことを伏せたのは、礼部尚書の賢明な判断だった。

梓宸が無理やり誘った手前、峰風に害が及んでは申し訳ない。

麗孝がまた何かけしかけてくるかもしれないが、どうでもいいことだ。

いつものように、適当にあしらえばいい。

それより、来月の奉納舞が極秘に行えるのか、梓宸は懸念を抱いていた。

（まあ、この先は皇帝陛下と宰相が考えることか）

梓宸の裏の職務は、皇后亡き後に乱れた後宮の秩序を元に戻すことだ。

自ら表立って行動することはないが、周囲から情報を集め、裏を取り、皇帝への俎《そ》上《じょう》に載せる。そこに、私情を挟むことは一切ない。

報告を聞き、最終的な判断を下すのは皇帝だ。

枇杷《びわ》の一件も、以前から素行に問題があった妃嬪《ひひん》を後宮から追い出す良いきっかけとなった。

雹華に取り入り、貴妃の後ろ盾があると好き放題していた手駒の一人を片付けることができたのだ。

そして今回は、大本命の雹華へ多少なりとも罰を与えることも。

梓宸は、欣怡のことも属国の間者ではないかと疑っていた。

欣怡の素性は巧妙に隠されており、通常ならば非常に疑わしい人物。

皇帝や宰相が安易に後宮へ受け入れたこと自体が信じられなかった。

そんなとき、皇帝の名代《みょうだい》として祭祀に立ち会うことになる。それが、欣怡の奉納舞だった。

皇帝が梓宸を立ち会い人に指名したのは、欣怡を探れという意図だったのか、はたまた、梓宸の持つ疑念を晴らすためだったのか。

今も謎のままだ。

まだ、欣怡を全面的に信用したわけではない。

峰風に相応しい相手かどうか、これからも動向を注意深く観察する必要があるとも思っている。

そして、もう一人。梓宸には気になる人物がいた。

（子墨とは、一体何者なのか……）

峰風によると、月鈴国から職を求めてこの国にやってきたという。名は明かしてもらえなかった。

紹介者は信用の置ける人物で、宰相も峰風もそれは認めている。

植物に関する知識があり、そこを見込んだ峰風によって助手に抜擢された少年宦官。

女性のような丸みを帯びた体つきに高い声は、幼い頃に宦官となる手術を受けた者によく見られる特徴だ。しかし、梓宸には少女にしか見えなかった。

女官が、峰風に近づくために宦官に扮しているのかと疑ったくらいだ。

それとなく子墨を観察してみたが、峰風に向けるまなざしに邪な感情を孕《はら》んだものは一切ない。

純粋に、尊敬と親しみのみ。

皇子である自分に対する峰風の言動にハラハラし心配している様子がわかりやすく、笑いをこらえるのが大変だった。

梓宸は、子墨と欣怡の関係も気になっていた。

二人は、ほぼ同時期に後宮入りしている。

子墨に峰風の助手になる話が持ち上がった途端、突如、欣怡妃付きに決まった。

峰風はよくある妃嬪《ひひん》の我が儘だと苦笑していたが、梓宸はなんらかの意図を感じている。

（欣怡妃が元巫女だとすれば、二人は以前からの知り合いの可能性もある）

元巫女と宦官の接点といえば、宮廷しかない。

同じ月鈴国の出自ならば、面識があるのは間違いないだろう。

そして、月鈴国の宮殿には宰相の縁者がいる。自《おの》ずと、秘された紹介者が見えてきた。

「一度、本人に直接尋ねてみるのも悪くはないな」

表情に出やすい少年宦官は、自分の直球の質問にどう返答を寄こすのだろうか。

クスッと意味ありげに笑う梓宸の顔は、好奇心で満ち溢れていた。

第三章　転機

端午節《たんごせつ》の翌日、峰風の執務室に姿を見せたのは子墨だった。

「もう、体調は良いのか？」

「はい。おかげさまで、ようやく元に戻りました」

「慣れない仕事に、疲れが出たのだろう。無理はするなよ」

「ありがとうございます。今日からまた、よろしくお願いします」

峰風は、子墨の顔を確認する。

病み上がりとは思えないほど肌艶は良い。しっかり養生したことがわかり、峰風は安堵する。

ふと、視線が下に向く。子墨の左手には布が巻かれていた。

「その手はどうした？」

「これは、その……お茶をこぼしまして、少々火傷を。でも、仕事に支障はありませんので！」

「そうか、大事にならず良かったな」

「はい」

子墨は、以前と変わらない笑顔を見せた。

◇◇◇

奉納舞の翌日から、凛月の日課は目覚めるとすぐに鏡で顔を確認することだった。

今日こそはと期待しても、姿が戻る気配がない。半ば諦めていた。

もう、自分は巫女として生きていくしかないのか。

でも、欣怡は誰にも顔を見られていないから、子墨は病気のせいで見た目が変化したことにすれば……

ぐるぐると毎日同じ思考を繰り返しながら迎えた今朝、鏡に映っていたのは久しぶりに見る以前の自分だった。

「それにしても、どうして急に姿が戻ったのでしょう？」

朝餉を用意しながら、瑾萱が首をかしげている。

「先月は、一日で戻ったのよ。だから、姿が安定していないことは間違いないのよね」

「では、また満月の日以外に変化する可能性も……」

「十分、あるわ」

浩然からの問いかけに頷くと、凛月は食事を始める。

満月の日に姿が変わることは確定したが、元に戻る理由がわからない。

朝餉を食べながら三人でいろいろと考えてみたが、結論は出なかった。

「凛月様、左手の証はどうされますか？」

「いつも通りおしろいを塗ったあと、念のため布で隠しておきます」

左手の証は多少薄くはなった。しかし、以前よりは濃い。

瑾萱が新たに用意したもので十分隠せるが、凛月の心理的なものだ。

昨日は、おしろいを塗った手を終日長い袖で隠していた。

急遽、剣舞をすることになり、用意してもらった布で両手を巻いてもらい、衣装っぽく見せてごまかした。

子墨は、執務室の窓際に置いてある鉢植えの花を眺めている。

助手の仕事を休んでいる間に残念ながら見頃は過ぎてしまったが、かろうじて花の色は確認できた。

薄紅色の花弁の中に、所々交じる白い色。

子墨の予想通り、花は薄紅色と白の二色だった。

「近々、都近郊にある桑園へ行く予定だ。君も連れて行くから、そのつもりでいてくれ」

「でも、僕は宮殿の外には出られないのでは？」

宦官は、後宮で働くために存在している。

その中で、浩然のように優秀な者は高官に重用され、官職を賜り外へも自由に行き来できる。

子墨も同じ扱いで峰風の助手となっているが、立場はあくまで宮付きの宦官。外へ出ることは許されていない。

「俺が君の保証人となることで、年季を終えていない者でも外出が可能となる」

つまり、もし子墨が外出先で逃亡した場合、峰風が罰せられるということ。

もちろん、子墨にそんな気は毛頭ない。そもそも、年季自体が存在しなかった。

宰相に確認をしたところ、巫女としていつまでも居てもらえれば有難いと言われただけだった。

巫女として役に立っている間は、子墨としてもいられる。そこは安心できた。

しかし、巫女の力が弱まった場合はどうなるのだろうか。不安を口にした凜月に、宰相は微笑みながらこう言った。

「月鈴国と同じように、元巫女として高官へ嫁ぐことも可能です。凜月様が望まれるのであれば、そのまま峰風の助手を続けられるのもよろしいかと」

あの能力が使用できなくなっても助手が続けられるよう、今のうちから少しずつ研鑽を積んでいく。

来《きた》るその日には自分の正体を峰風へ明かして、子墨ではなく凜月として助手を続ける。

それが叶ったなら、どんなに幸せだろうか。

凜月としては願ってもないことだが、同時に、女嫌いの峰風では望むべくもないことでもある。

「…………」

「どうした？　外に出るのは嫌か？」

「いいえ、とても楽しみです！」

峰風の助手としていられるうちは、余計なことは考えない。考えても仕方ない。

久しぶりに宮殿の外へ出られるのだから。

子墨は気持ちを切り替えた。

「……その保証人は、私がなってやろう。二人に頼み事があったから、ちょうど良いな」

「また、おまえか。今日は何の用だ？」

峰風が険しい表情で睨んだのは、第一皇子の梓宸だった。

子墨はすぐに揖礼《ゆうれい》をする。秀英も同様だ。峰風は座ったまま。

昨日は、危ないところを梓宸に助けてもらった。

雹華に面紗《ベール》を取られそうになったときは、さすがに凛月も抵抗するつもりだった。

姿が確定していないのに、銀髪を見られるわけにはいかない。

できれば揉め事は避けたかったので、梓宸が制止してくれたことに心の中で最大限の感謝を述べた。

今日は、態度で礼を示す。

「皇子としての務めは、果たしているのか？」

「おまえに心配されずとも、きちんとしている。今日ここに来たのも、職務の一つだ」

「どうせまた、面倒な案件を持ってきたのだろう？　もったいぶらず、早く用件を言え」

「まあ、そう急かすな」

余裕の笑みを浮かべた梓宸は、わざわざ子墨の近くにある椅子に腰を下ろす。離れた場所に移動しようとした子墨へ、「おまえは、ここだ」と隣の席を指さした。

「――つまり、俺たちはおまえの従者として、行きたくもないお偉い様の屋敷に連れていかれるということか」

「そんな、にべもない言い方をするな。その御仁は、趣味で様々な植物を収集されている。珍しいものもたくさんあるぞ」

梓宸は「どんなものがあるか、楽しみだろう？」と笑う。まるで、貴重な機会を与える自分に感謝しろと言わんばかりだ。

しかし、凛月からしたら高官の峰風はまだしも、木っ端宦官である子墨がなぜそのような場所へ連れていかれるのか理解に苦しむ。

話を聞く限りでは、他にも高貴な方々が招かれているらしい。

場違いな平民なのに、粗相をしたら……考えただけで、お腹が痛くなってくる。

凛月は、月鈴国で初めて皇太后のお茶会に招かれたときのことを思い出していた。

「珍しい植物を収集されているって、まさか……『あの方』じゃないだろうな？」

「あの方以外に、誰がいるというのだ？」

「………」

峰風が虚ろな目で天を仰ぐ。

凛月はいろいろと察した。


数日後、子墨は第一皇子のお供で宮殿近くにある離宮にいた。

峰風と一緒に梓宸の後ろに控えているが、周囲には第二皇子の麗孝や宰相の姿もある。

端午節《たんごせつ》のときに最前列に座っていた顔も、何人かいる。

(かなり、高貴な方なのね)

招待客とにこやかに談笑する立派な髭《ひげ》を貯えた老齢の男性を、失礼のない程度に観察する。

そうそうたる面々を招待できるなど、並みの人物ではない。

子墨は老翁の正体を聞かされていないが、知りたくもなかった。

世の中には、知らないほうが幸せなこともある。経験上からの持論だ。

「おまえたち、せっかく来たのだから庭園を見学させてもらうといい。異国から来た『玻璃室《はりむろ》』は、一見の価値があるぞ」

梓宸お薦めの玻璃室とは、庭園の一角に設置された四方を硝子《ガラス》で囲まれた小さな小屋だった。

「これは『温室』だな。紙で作られたものは見たことがあるが、硝子で出来ているのか」

峰風が興味深げに見つめる。

庭師にお願いして中へ入れてもらうと、かなり暖かい。

「屋根も硝子で出来ているだろう？　薪を焚くだけでなく、日の光を取り込んで室内を暖める仕組みにもなっているのだ」

「これなら、寒い季節でも植物が育てられますね」

「暑い地域に自生する植物を育てることもできるぞ。子墨は、これが何かわかるか？」

峰風が指し示したのは、鉢に植えられた緑色をした植物。

全体に棘があり、筒や鞠《まり》、団扇《うちわ》のような形をしている。

「わかりません。初めて見ました」

「これは、仙人掌《サボテン》という異国の植物だ。書物では読んだことがあるが、実際に目にするのは俺も初めてだな」

「さぼてん……」

可愛らしい見た目につい棘をツンツンしたくなるが、子墨はグッと堪えた。

「文献によると、食用や薬用にもなるそうだ。味は全く想像がつかないが」

「ふふふ……峰風様、この子たちが『自分たちは食用じゃない！』と怒っていますよ」

「ハハハ、たしかに可食部は少なそうだな」

峰風は苦笑した。


その後も庭園を見学していた子墨と峰風は、梓宸に呼び戻される。

庭園内にある池の辺に、番号札が置かれた鉢植えが飾られていた。その数、百近く。

そこに招待客たちが集まっていた。

これから、余興が始まると言う。

「これらの鉢植えの中で儂《わし》の一番のお気に入りの札を選んだ者に、褒美をやろう。この屋敷の中にある物であれば、掛け軸でも壺でも宝剣でも好きな物を選ぶがよい」

老翁が声高らかに宣言し、余興が始まった。

さすがに、宰相ら重鎮は自ら参加はしないようだ。それぞれの従者が、代わりに鉢植えを見回っている。

「では、おまえたちも頑張ってこい」

梓宸は、以前に参加して見事に外したらしい。

「これは遊びだから、当たらなくても気にするな」と笑顔で言われた。

牡丹や芍薬の他に、万年青《オモト》や映山紅《ツツジ》の鉢もある。

鉢植えは大きさも種類も様々で、この中から一つだけを選び出すのはかなりの難問だ。

「これは紫陽花か？　さすが、あの方は珍しい植物も育てていらっしゃる」

峰風が立ち止まったのは、葉だけしかない鉢植え。

くっきりと葉脈が浮き上がった、光沢のある葉っぱが特徴的なものだ。

「峰風様、それは花なのですか？」

「これは紫陽花といって、東方にある国から伝来したものだ。今はまだ蕾だが、もうしばらくすれば花のようなものを咲かせる。俺は後宮で見たことがあるぞ」

「綺麗なのでしょうね」

「ああ、とても綺麗だ。青や赤紫など様々な色のものがあるそうだが、俺が見たのは青紫色のものだった。機会があれば、子墨にも見せてやりたい」

「僕も、見てみたいです！」

植物の勉強を始めたばかりの子墨には、すべてが物珍しく新鮮だ。

峰風の説明を聞きながら、実物を観察する。それが楽しくて仕方ない。

「それにしても、この中から選ぶのは難しいな」

同じ種類の鉢植えもいくつかあり、色や形が異なっている。

峰風から「せっかくの機会だから、子墨も選んでみろ」と言われ、二手に分かれた。

子墨は一つ一つの鉢を、真剣に見ていく。

目を留めたのは、池のすぐ側に置かれた小型の水鉢。中で睡蓮が育てられている。

「あの……」

近くにいた庭師に子墨は声をかけた。

「この子を、もう少し池から離してあげてください。そうすれば、もっと元気になると思いますので」

庭師は何か口を開きかけて、「御前様」とすぐに揖礼《ゆうれい》をする。

子墨の後ろに人が立っていた。

「おまえさんがそう思う理由を尋ねても、いいかね？」

突然声をかけてきたのは老翁。この屋敷の主人だった。

子墨は、気配にまったく気付いていなかった。

慌てて揖礼《ゆうれい》をしようとする子墨を制止し、老翁は続きを促す。

「そ、その、この子に時折悪さをする子がいるようです。たとえば……わざと水をかけたりとか」

子墨がちらりと視線を送ったのは、池の住人。鯉たちだった。

老翁は、それだけで理解したようだ。

近くに控えていた庭師に命じて置台を持ってこさせ、睡蓮の鉢を台の上に移動させた。

「これなら、水も届かんじゃろう。それにしても、これの元気がない理由がそんなことだったとはな……」

睡蓮のくせにな、と老翁はワッハッハと豪快に笑う。

どう反応してよいかわからない子墨は、その場で固まるしかない。

「おまえさんの名を、聞かせてもらえるかな？」

「ぼ、僕は、胡峰風様の助手をしております子墨と申します」

「子墨か……良い名じゃ」

顎髭《ひげ》を撫でながら、老翁は行ってしまった。

問われたことに対して、きちんと受け答えはできた。粗相もなかった、はず。

どっと疲れが出た子墨は、その場にしゃがみ込んだのだった。

「うむ、違うな。それも、違う」

余興の答え合わせが始まった。

参加者が次々と札の番号を見せていくが、老翁が首を縦に振ることはない。

その様子を眺めながら、やはり難問すぎるのだと峰風は思った。

前回正解者が出なかったことで、老翁は考えたようだ。今回の開催にあたり、『植物に関してこれはと思う人物を連れて来るように』と招待客へ事前に通達を出していたと、梓宸がこそっと教えてくれた。

ほとんどの者がお抱えの庭師を連れてきていたが、全員外れ。峰風も正解はできなかった。

「では、最後はおまえさんじゃな。番号を見せてみよ」

好々爺《こうこうや》の顔で、老翁が子墨を見る。

最初から諦めて見た目だけで適当に選んだ者も多かったが、子墨は一つ一つ丁寧に見て回っていた。

そのため、発表も一番最後になった。

「僕は、こちらだと思いました」

子墨が見せたのは『八十五番』の札。老翁の目が一瞬泳いだのを、峰風は見逃さなかった。

「……どうしてそう思ったのか、理由を聞かせてもらえるかのう？」

「八十五番に、強い想いを感じました。母が子を、子が母を想う気持ちです。だから、これを選びました」

「!?」

子墨の言葉を聞いて、老翁の目から突然涙があふれる。

峰風を始めとした招待客が驚き、彼の従者たちが困惑した様子で顔を見合わせるなか、老翁は人目を憚らず声を上げて男泣きに泣いたのだった。


帰りの馬車の中で、子墨は梓宸から老翁が泣いた理由を聞かれたが「僕にもわかりません」とだけ言い口を閉ざした。

老翁が自分から話をしない以上、他人が公言することではないと考えたからだ。

子墨が選んだのは『山査子《サンザシ》』の木。

これは特に珍しいものではなく、ごくありふれた植物だ。

山査子から感じ取ったのは、母子の姿だった。

赤い実を口に入れ酸っぱいと顔をしかめる子供を、温かく見守る女性。

二人で実を摘みながら、楽しそうに笑っている。

子が大きくなり、母が年を取り、やがて迎えた別れ。屋敷が取り壊されるときに、子は使用人に命じ山査子を鉢に移させる。以来、共に過ごしてきた。

おそらくこれは、山査子が見てきた光景なのだろう。

子墨はふと、そんな気がした。

「あの方が号泣されたときは、どうなることかと肝を冷やしたな」

峰風が焦ったように、子墨自身も罰せられるのではないかと覚悟した。

しかし、老翁は涙を拭うと「大当たりじゃ！」とまた豪快に笑った。「優秀な樹医殿の助手も、また優秀じゃな！」と。

他の招待客が賛同するなか、麗孝は苦虫を噛み潰したような顔をし、その隣にいた恰幅のよい中年男性は憮然とした面持ちになっていた。

そんな二人を横目に、梓宸は「わたくしの従者が御前様からお褒めの言葉を賜り、大変光栄でございます」と返す。

周囲から称賛を浴びた子墨は慣れないことに戸惑い、巻き込まれた峰風はただただ恐縮するしかなかった。

宰相は、その様子を目を細め眺めていた。

帰り際、子墨は老翁から「また、おまえさんへ挑戦状を叩きつけるから、楽しみにしておれ」と言われる。

『また』ということは、次回も参加が確定したらしい。

梓宸は「御前に気に入られて、良かったな！」と言うが、心からお断り申し上げたい子墨だった。

「それにしても、褒美に貰ったのがコレとは……もっと、他の物がいくらでもあったと思うが」

「おまえはそう言うが、これはかなり珍しい植物なんだぞ」

「私なら、宝剣を選ぶな」

峰風と梓宸のいつもの言い合いを、子墨は微笑ましく眺める。

膝の上にあるのは、小さな仙人掌《サボテン》の鉢植えだ。

希望の物を尋ねられたときに、迷うことなく即答した。「仙人掌《サボテン》の鉢植えを一つ頂きたい」と。

仙人掌《サボテン》には、『翠《スイ》』という名を付けた。

この子も、その名が気に入ったようだ。

大切に育てたら、花が咲くと聞く。

子墨は、その日を今から心待ちにしている。

◆◆◆

「忌々しいわね！」

貴妃の雹華は、手にしていた杯を投げつけた。

なみなみと注がれていた酒もろとも、派手に音を立て床で砕け散る。

「何をしているの、さっさと片付けなさい‼」

「は、はい！　申し訳ございません」

部屋の隅で怯えている侍女たちを叱り飛ばし、部屋を出た。

使えない者たちばかりで腹が立つ。苛立ちが抑えきれない。

まだ昼間だというのに、雹華は宮で酒を飲んでいた。

その最中《さなか》に届いた書簡は、怒りで酔いが醒めるほどの内容だった。

差出人は雹華の父、董赦鶯《ドンシャオウ》。工部尚書を拝命し、国の重鎮の一人である。

今日は、とある会合に麗孝と赦鶯が参加していた。

一流の庭師たちを連れ、万全の態勢で臨んだ……はずだった。

皇帝の寵愛を一身に受けていた皇后の子。第一皇子の梓宸は、幼い頃から聡明な人物だ。

文武両道で人心掌握術に長けており、次期皇帝と目《もく》されている。

皇帝の名代《みょうだい》として、ごく少数のみに許された祭祀にも列席。

もはや、立太子するのも時間の問題だった。

片や、麗孝は見目こそ劣っていないが、文事も武事も梓宸には遠く及ばず。性格は浅慮で短気。

梓宸に勝《まさ》っているところといえば、赦鶯の後ろ盾くらい。

外廷は赦鶯が、後宮は雹華が、麗孝の支持者を増やすべく行動してきた。

ところが、枇杷《びわ》の一件で子飼いの妃嬪《ひひん》の一人が後宮を追われた。根回しの上手な使える者だっただけに、大きな痛手だった。

さらに雹華までもが、欣怡への過度な言動により謹慎を言い渡された。

すべて、梓宸が裏で糸を引いていることはわかっている。

端午節《たんごせつ》で易々と挑発に乗り、母子共々醜態をさらす結果となった。あちらの方が、一枚も二枚も上手《うわて》だった。

このままでは、我が子は皇帝にはなれない。雹華が国母にもなれない。

しかし、第一皇子の暗殺事件などを起こせば、すぐに犯人を特定され一族郎党の首が飛ぶ。刑部には、皇帝直属の精鋭部隊があると噂されている。

雹華とて、そこまで愚かではない。だからこそ、あれこれ策略を巡らせ梓宸を追い落とそうとしてきた。

現皇帝を陰から支えるあの方からの支持を得るべく、雹華と赦鴬は動いた。

麗孝の味方になってもらえれば、不利な形勢が逆転できる。

ところが、支持を得たのは第一皇子のほうだった。

優秀な者の下には、優秀な人材が集まる。

どれだけ有能な従者を従えているかで、その人物の評価が変わる。

最近、めきめきと頭角を現してきた樹医。宰相の三男で、第一皇子の従者であり友人。その助手もまた優秀だった。

あの難問を一人だけ正解し、あの方に気に入られたという。

その者は、欣怡妃付きの宦官とのこと。

（第一皇子も欣怡妃も配下も、余計な邪魔ばかり……）

唇を噛みしめると、血が滲み出た。

こんなときは以前なら舞を舞って気分転換をしていたが、端午節《たんごせつ》以来それもしていない。

欣怡の舞の前では、師範の雹華の舞でさえ児戯《じぎ》に等しかった。

せめて欣怡へ一矢報いたいが、これ以上皇帝の不興を買うのは得策ではない。

飲まなければ、やっていられない。

もう一度、酒の準備をさせよう。フラフラと歩き出した雹華の脳内に、ふとある考えがひらめく。

「この方法ならば……」

梓宸や欣怡へ直接攻撃はできない。なれど、多少は汚点や痛手を負わせることができる。

雹華は侍女に書簡の準備をさせ、さっそく筆を走らせた。

「今に見ていなさい」

冷たい笑みを浮かべたその顔は、憎悪に染まっていた。

◆◆◆

凛月は、毎日を忙しく過ごしていた。

宦官の子墨として峰風の助手を務める傍ら、後宮妃の欣怡としてお茶会に出席するべく練習を始めた。

端午節《たんごせつ》で舞を披露したことでもう体調不良ではないと認知されてしまい、尋常ではない数の招待状が宮に届いた。

それを一々断るのも手間になってきたため、個々ではなく大人数のお茶会に一度だけ出席することにしたのだ。

「明日は、欣怡妃が初めてお茶会に参加されるのだったな。舞は、披露される予定なのか？」

「予定はないと、聞いています」

明日は助手の仕事を休みます。そう伝えた子墨へ、峰風は意外な質問をした。

満月の日を十日後に控え、凛月は奉納舞の練習に余念がない。

今日は宮に帰ってから久しぶりに始めから終わりまで舞う予定だが、妃嬪《ひひん》たちの前で披露するつもりはない。

宰相からも、要求されても断るようにと言われている。

「そうか……」

峰風は、なぜかホッとしたような表情をした。

「ところで、欣怡妃は宮の中でも面紗《ベール》をしておられるのだよな？」

「えっ、していませんよ」

「されていないだと⁉」

驚く峰風に、子墨のほうが驚いた。

宮の中まで面紗《ベール》など、絶対に遠慮したい。

「では、子墨は欣怡妃の顔を見たことがあるのか？」

「えっと……あります」

自分の顔なので毎日見ています、と心の中だけで呟いておく。

「その……欣怡妃は、どのような方なのだ？」

「どのような方？」

これはまた、難しい質問をされてしまった。

平々凡々な自分のことを、どう説明すればいいのだろうか。

子墨は返答に詰まる。

「ごく普通の方です」

「アハハ！　『ごく普通の方』は、褒め言葉ではないぞ……」

峰風がお腹を抱えて笑っている。

では、「見目麗しい御方です」と嘘を言えばよかったのだろうか。

特徴的な髪色や目の色のことは口にできない。しかし、顔の作りは普通。

他に例えようがないのだから、仕方ないのだ。

「答えづらい質問をして、悪かった」

峰風の話は、ここで終わった。

結局、この質問にどのような意図があったのか、子墨にはまったくわからなかった。

「えっ、嘘!!」

翌朝、宮に凛月の絶叫が響き渡る。

姿が、銀髪・紫目に変わっていた。


「欣怡様は、今日も面紗《ベール》をしていらっしゃるのね」

「はい、申し訳ございません」

「いいえ、貴女を責めているわけではないのよ！　ただ、一度くらいはお顔を拝見したいなと思っただけですのよ、オホホ！」

(何か、ものすごく気を遣われている気がする)

今日のお茶会は、主に正四品の妃嬪《ひひん》たちが集まっている。

端午節《たんごせつ》のときとは違い、お茶会では皆が欣怡に声をかけてくれる。

しかし、まるで腫れ物に触るような雰囲気だ。

「端午節《たんごせつ》で披露された舞は、とても素晴らしかったですわ」

「ええ、本当に」

「ありがとうございます」

「舞の稽古は、毎日されていらっしゃるのかしら？」

「そうですね。練習を怠ると、上手く舞えなくなってしまいますので」

「やはり、日々の鍛錬が大事ということですわね。わたくしも、欣怡様を見習わなくては」

「わたくしも同感ですわ。ねえ、皆様？」

「「「「はい！」」」」

「ホホホ……」


「疲れた……」

お茶会が終わった。

宮に戻るなり、凛月は長椅子に倒れ込む。精神的疲労がかなり激しい。

これなら、一日中舞の稽古をしていたほうがまだ楽だ。

「お疲れさまでした。でも、皆様の変わり身の早さには、笑いを堪えるのが大変でしたよ」

欣怡の後ろにずっと控えていた瑾萱が、堪えきれずに笑い出した。

「他の妃嬪《ひひん》様方は、いずれ欣怡妃が雹華様に取って代わるのではないかと思っていらっしゃるようですね」

「取って代わるって、どういうこと？　そんなこと、雹華様が許すはずないわ」

あの気の強い御方が、黙っているはずがない。

他人に取って代わられる前に、何かしらの行動を起こすに決まっている。

「雹華様は、貴妃を降格させられるかもしれませんね。噂では、端午節《たんごせつ》の件で皇帝陛下から謹慎を言い渡されたとか」

「えっ⁉」

そんな話は、いま初めて知った。お茶会でも、誰も噂をしていなかった。

表向きは、体調不良により宮で静養しているとのこと。

だが、欣怡に対する行動が皇帝の逆鱗に触れ、謹慎処分を言い渡されたからではないかと言われているらしい。

特に問題視されたのが、面紗《ベール》を取ろうとした行為だと瑾萱は断言した。

「『欣怡妃が顔を隠しているのは、皇帝陛下以外の男性に顔を見られないようにしているため』と言われているにもかかわらず、雹華妃は大勢の前で実行しようとしました。これは、明らかな問題行動ですよ！」

「でも、それは宰相様が流した噂であって、事実ではないと皇帝陛下もご存じのはずよ」

「噂が事実かどうかは、関係ございません。裏も取らず確認もせず衝動的に行動しようとしたことが、貴妃に相応しくないと判断されたのでございます」

瑾萱の言葉に、浩然が続ける。

もし噂が事実だった場合、取り返しのつかないことになると言われたら、凛月も納得するしかない。

「凛月様が普通の後宮妃でしたら、今後皇帝陛下の寵愛を受けるようになり、徐々に位が上がっていく……なんてことも起こり得たでしょうが」

「私はただの巫女だから、ずーっと正四品のまま」

平民の凛月には、今の位でも十分高すぎるのだ。

「今後、他の妃嬪《ひひん》様たちがどういう対応を取られるのか、楽しみです！」

後宮の妃嬪《ひひん》たちの動向を、傍観者として純粋に楽しんでいる瑾萱。

外廷の官女とは違い後宮の外には出られない女官は、こういう楽しみを見つけるしかないのです！　と力説された凛月だった。

「とりあえず、お茶会の対応は終わった。で、問題はこれね」

姿見に映る自分の顔を見る。

「満月の日でもないのにどうしてこの姿になったのか、やっぱり何かきっかけがあると思うけど……」

「そのことですが、今回の件で思い当たることがあります。前日に舞を舞われたことが、関係しているのではないでしょうか？」

浩然の意外な意見に、凛月と瑾萱は顔を見合わせる。

「でも、凛月様はほぼ毎日舞の稽古をしていらっしゃるけど、姿は変わらなかったわよ？」

「それは、舞の一部分だけだから、と思う。俺の記憶では、凛月様が一つの舞を始めから終わりまで舞われたのは『祭祀の前日と当日の奉納舞』、『端午節《たんごせつ》の剣舞』、『昨夜の奉納舞の稽古』だけだ」

浩然の言う通り、普段の舞の稽古では個々の部分に注力している。

凛月が個人的に苦手だと思っている回転や足の運びなどを、重点的に行っているのだ。

昨日は、久しぶりに奉納舞を始めから終わりまで舞ってみた。

「そして、その翌日にすべて姿が変化された」

「浩然の説だと、『奉納舞で銀髪・紫目に変化』して『剣舞で黒髪・黒目に戻る』ことになる。満月の日だから姿が変化するのではなく、前日に奉納舞を舞ったからだと」

舞で姿が切り替わるなんて、そんなことがあるのだろうか。

凛月自身も、半信半疑ではある。

でも……

「凛月様、一度やってみましょう！」

「うん。試してみる価値はある」

この姿が戻らなければ、また助手の仕事を休むことになってしまう。

それだけは絶対に避けたい。桑園へ行くのを、凛月は非常に楽しみにしているのだから。

さっそく、剣舞を舞ってみる。

そして翌日――姿は元に戻っていた。

結果は、速やかに宰相へ報告された。

その後送られてきた書簡には、あるお願いが書かれていた。

◆◆◆

凛月待望の桑園へ行く日は、あいにくの曇天となった。

分厚い雲が重なり、いつ雨が降ってきてもおかしくはない空模様。

それでも、凛月は朝からご機嫌だった。

「凛月様、おしろいをお渡しいたしますので、もし左手が雨に濡れた場合はこっそり塗り直してください」

「はい！」

「本当に、大丈夫ですか？」

浮かれすぎている凛月は、ちゃんと話を聞いているのだろうか。

瑾萱は疑いのまなざしを向ける。

「大丈夫！　なるべく濡れないように、気を付けるから」

「ゴホン！　先日、掃除で使用した雑巾を洗ったあと、うっかり塗り忘れて証をさらしたまま平然と帰って来られたのは、どなたでしたか？」

「えっと、宦官の子墨だったような……」

「「凛月様です!!」」

従者二人の声が、綺麗に揃った。

◇◇◇

毎日手の甲を見ていた凛月は、ある日気付いた。

日によって証が濃いときと薄いときがあることは認識していたが、満月が近づくにつれだんだん色が濃くなっていき、過ぎるとだんだん薄くなっていくことに。

そして、一日だけ完全に消えてしまう日があることも。

甲に証が無くなったときは、さすがの凛月も焦った。月鈴国では、巫女の力が弱まると、手の甲の証も失われるとされていたから。

もう、自分は華霞国の巫女ではなくなってしまった。一度しかお役目を果たせなかったと、ひどく落ち込んだ。

しかし、翌日に証は再び発現した。消えてもまた復活するとは、どういうことなのか。

自分の体がどうなっているのか、相変わらず不明だ。

それでも、凛月が心底安堵したのは言うまでもない。

うっかりおしろいを塗り忘れた日は色が薄いときで、峰風らに気付かれることはなかった。

しかし、四日後に満月の日を迎える今、証はやや濃くなってきている。

最近は慣れもあり、つい気を抜いてしまうことも多い。

今日は遠出をするため、馬車に乗っている時間が長い。峰風に見られぬよう、細心の注意を払わねばならない。

◇◇◇

目の前に広がるのは、広大な桑園だ。

桑の葉が青々と生い茂り、新緑が目に優しい。果実もたくさん実っている。

雨は今にも降り出しそうだが、子墨は張り切って見回りをしていた。

「蚕以外にも葉を食草する害虫が多くいるからな、慎重に確認をせねば」

「でも、今のところ害虫による大きな被害はないようですね」

子墨は桑の木の心を慎重に感じ取り、何度も確認をした。

薔薇《そうび》と同じように幹に入り込んでいたり枝に擬態したりした幼虫は、すぐに峰風へ報告し対処してもらった。

「俺だけでは目が行き届かないから、農夫の他に工部の者も携わっている。養蚕は、国の重要な産業だからな」

敷地内には、ちらほら人の姿が見える。

多くの人々によって、この桑園は守られていた。

「月鈴国では、桑は聖なる木とされていました」

「この国でも、そうだぞ」

「では、華霞国でも『先蚕《せんさん》儀礼』を行っているのですか？」

「もちろん」

峰風は、大きく頷く。

「さすが、子墨はよく知っている。やはり、あの御方にお仕えしていたからだな」

峰風に感心されてしまったが、凛月が知っていたのは皇太后に仕えていたからではない。お茶会の席で話を聞いたことがあったから。

『先蚕《せんさん》儀礼』とは養蚕の神を祭る祭祀で、国で最高の地位にある女性が行うもの。

もちろん、凛月は見たことはない。

「現在、華霞国に皇后陛下はいらっしゃらない。今は貴妃が代行しているが……来年以降は、欣怡妃に任せられるかもしれないな」

「えっ、どうしてですか？」

なぜ、他にも正一品の三夫人がいるのに。なぜ、正二品・三品を飛び越して正四品の欣怡になるのか。

皇后が行うことからも、かなり重要な祭祀であることは間違いない。

そんなお役目は、平民には荷が重すぎます!!　と、子墨は声を大にして言いたかった。

「あっ、すまない。これは俺の勝手な推測だから、今の話は欣怡妃には内密に頼む」

「わかりました」

（でも、もうすでに本人が聞いてしまったけど……）

心の中で峰風へ「すみません」と頭を下げる。

峰風の推測が外れることを祈りながら。

「さて、雨が降り出してくる前に帰るとするか」

「はい」

本日の予定はすべて終えた。峰風によれば、桑園には年に数回は訪れているとのこと。

次回は果実の収穫の時期と重なり、「味見くらいは、させてやるぞ」と嬉しいことも言われた。

桑の実は、皇太后のお茶会で一度だけ食べたことがある。甘酸っぱい味を思い出すだけで笑顔になる。

また一つ、楽しみが増えた。

馬車へ向けて歩き出した二人のもとに、一人の農夫が慌ててやって来た。

「官吏様、あっちの桑の木に害虫らしきものがおって、一度確認してもらえねえか？」

「わかった、すぐに案内してくれ。子墨は、先に馬車へ戻っていろ」

「えっ、でも……」

「雨に濡れて風邪をひかれては、妃嬪《ひひん》の職務に差し障りがあるからな」

つまり、子墨から欣怡へ病をうつされては困るということらしい。

二人とも、竹笠に雨具を身に着けてはいる。しかし、雨量によっては万全とは言い切れない。

長期間（表向きは）体調不良で休んだことで、子墨は体が弱いと認識されているようだ。

でも、凛月は昔から健康優良児である。

「わかりました」

子墨としては気になることがあったため、同行したかった。

しかし、峰風の命令には逆らえない。

二人に付き添っていた護衛官は、当然のことながら峰風に付き従う。

「しかし、君を一人にするのも心配だな」

「大丈夫です。馬車はあそこに見えていますし、御者もいますから。では、先に戻っていますね！」

そう言うと、子墨は走り出す。

空はどんどん暗くなり、今にも雨粒が落ちてきそうだ。

峰風の気遣いを無にしてはいけない。子墨は全速力で駆ける。

できれば、峰風も雨に降られる前に戻ってきてほしい。

もう少しで馬車に辿り着くところで、木の陰から急に人が出てきた。

行く手を塞がれ、止む無く足を止める。

道に立っているのは農夫らしき男性だ。

「追いついてよかった。実は、あそこの桑の木が虫に食われていてね。ぜひ、あんたに見てもらいたいんだ」

「僕はただの助手ですので、峰風様がお戻りになるまでお待ちいただけますか？」

「いや、待てねえ。雨が降り出したら、虫が逃げちまうだろう？」

「それは、そうですが……」

子墨は、不穏な気配を感じ取っていた。

あちらでもこちらでも害虫が残っているなど、ありえない。

現に今、再度確認をした。桑の木たちの悲鳴はまったく聞こえない。異常がないからだ。

さっきは、もしかしたら見落としがあったかもしれないと思った。

しかし、今ははっきりと断言できる。この人たちは嘘を吐いていると。

彼らの目的は、一体何なのか。

《……ニゲテ》

声が聞こえた。

耳を通さず、頭に直接響くような不思議な感覚。

辺りを見回すが、他に人はいない。

農夫は反応していないので、子墨にしか聞こえていないようだ。

《カレラノ……ネライ……ハ……キミ》

「彼らって、（農夫）二人のこと？」

思わず、空に向かって問いかけていた。

農夫は訝しげな顔をしているが、気付かないふりをする。

《チガウ。モット……タクサン》

《ダカラ……カクレテ……キノシタ……ニ》

「わかった。ありがとう！」

子墨は、来た道を取って返す。逃げるのに邪魔な笠と雨具は、早々に脱ぎ捨てる。

誰が敵で、誰が味方かわからない。ならば、子墨は『あの子たち』の指示に従うまで。

ポツポツと落ちてきた雨は、やがて本降りとなる。

いきなり逃走を始めた子墨に呆気にとられた農夫だったが、「コラ、待て！」と追いかけてきた。

女の足ではすぐに追いつかれてしまう。土砂降りの雨で、視界も足元も悪い。

あの子たちは、『木の下に隠れろ』と言った。

「……ねえ、どこの木がいいの？」

声を潜めて尋ねてみた。

《ソコ……ヒダリ！》

迷わず左の木の陰に飛び込んだ。息を潜め、動かずその場に待機する。

養蚕用に改良された桑の木は根元付近まで葉が生い茂り、小柄な子墨の姿は外からは見えない。

その内、バシャバシャと複数の足音が聞こえてきた。

「おい、小僧はどこに行った？」

「すまねえ、見失った」

「高官の足止めは、長くはできない。早く見つけ出すぞ！」

土砂降りの雨の中、雷鳴が響き渡る。

動悸が激しく息苦しい。外まで音が漏れ聞こえそうだ。

なぜ自分が狙われているのか、理由がまったくわからない。

こんな下っ端宦官を、彼らはどうするつもりなのか。

《アトハ……マカセテ》

離れた場所で、突然ガサガサと大きく木が揺れた。

音は移動しているようで、子墨からはどんどん離れていく。

「奴がいたぞ！」

「あんな所に隠れていやがったのか」

「早く追え‼」

四方から、さらに人が集まってきた。相当な人数に追われていたことがわかる。

子墨は身を固くしながら、周囲に人が居なくなるのを待つ。

しばらくして、足音は聞こえなくなった。

張り詰めた空気が少しだけ和らいだが、子墨はまだ動かない。

《サア……イマノウチ》

《コノ……キノシタノミチ……マッスグ》

「助けてくれて、どうもありがとう」

《ドウイタシマシテ……ミコサマ》

子墨は四つん這いで進んで行く。

葉っぱで多少は雨が遮られているとはいえ、水滴が頭上から滴り落ちてくる。

官服は所々が破れ、髪はグシャグシャ。沓《くつ》は片方が行方不明に。

全身泥だらけで、ひどい有り様だ。

峰風は無事だろうか。狙われているのは子墨だと、あの子たちは言っていた。峰風はただ、足止めをされているだけ。護衛官が付いているから大丈夫だと、自分に言い聞かせる。

どうして、こんなことになってしまったのか。

後宮まで、無事に帰れるのだろうか。

（峰風様……）

無性に顔が見たかった。

ついに道は途切れた。しばらく待ったが、周囲に人の気配はない。様子を窺いながら木の下から這い出たところで、子墨は後ろからひょいと抱きかかえられる。

あっという間の出来事に、声も出なかった。

◇◇◇

「子墨が、戻ってきていないだと！」

全身びしょ濡れになりながら、峰風が馬車に戻ってきた。雨具があっても、この激しい雨にはあまり効果がない。

農夫は木の場所がうろ覚えだったようで、あちこち移動させられ、それだけでかなり時間もかかった。

雨が降り出し、結局該当の木が見つからぬまま戻ってきた。

やはり子墨を先に帰して正解だったと安堵していたら、御者から聞かされたのは寝耳に水の話。

「一緒に、お戻りになられるとばかり……」

御者も困惑している。

「峰風殿、もしや……逃亡したのでは？」

「いや、それは絶対にない」

護衛官の問いかけを、峰風は即否定する。

年季明け前の逃亡は、重罪だ。捕まれば、重い刑罰が待っている。

これまでにも、逃亡する者は少なからずいた。そのほとんどは、家族や知人に関係した理由だった。

親の死に目に立ち会うため。残してきた想い人に会うため…など。

しかし、子墨にそのような者はいない。

華霞国に来てすぐに後宮の宦官になった彼には、友人も知人もいないのだ。

唯一、この国に一緒に来た商会の店主はいたが、彼は大市場が終わると帰国している。

（迷子になった？　いや、それはない。となれば、誰かに拐《かどわ》かされたと考えるのが自然だが……）

峰風は、どうにも釈然としない。

ここは、国が管理している桑園だ。

大切な桑の木を守るため、衛兵が常に周囲を巡回している。

そんな場所にわざわざ人身売買組織の者が入り込み、たまたま一人でいた子墨を誘拐したとは考えづらい。

（最初から、子墨を狙っていた？）

「この近辺に、衛兵たちがいるはずだ。彼らの協力を仰ぎ――」

「失礼ですが、胡峰風殿でしょうか？」

その若い男性は、三人の目の前にいきなり現れた。竹笠を被り、身に纏っている雨具の下からは官服が見える。

彼が声をかけてくるまで、峰風はおろか護衛官ですら存在を認識していなかった。

「そうですが、あなたは？」

「私は、こういう者です」

雨具の下から見せたのは、帯に付けた佩玉《はいぎょく》。

色と形で、峰風は所属先を認識する。

先日、毒草の密輸の件で呼び出しを受けたことがある部署、刑部だ。

「恐れ入りますが、護衛官殿は御者と一緒に宮殿へ。峰風殿は、すぐに屋敷へお戻りください」

「しかし、私の助手が……」

「助手殿は保護しておりますので、ご安心ください。では、急いでご移動を」

男性の言葉には、有無を言わせぬ凄みがあった。

何があったのか？　子墨はどこにいるのか？　尋ねたいことはたくさんあったが、峰風は口を閉じた。

都の一等地にある胡家の屋敷に着いたのは、夕刻近く。

出迎えたのは、胡家に長年にわたって仕える使用人。瑾萱の父親、呉然《ウーラン》だった。

「おかえりなさいませ。準備は整っておりますので、まずは湯浴みを。それが終わられましたら、奥様が部屋まで来てほしいと」

「母上が？」

子墨の居場所は気になるが、こんな姿のままでは何もできない。

峰風はさっと湯浴みを終えると、着替えを済ませる。

暖かい季節になってきたとはいえ、体はかなり冷え切っていたようだ。

呉然が淹れてくれた温かいお茶を飲み、ホッと息をついた。

「母上、お呼びでしょうか？」

「どうぞ、お入りなさい」

私室にいた母の春燕《チュンヤン》は、峰風の顔を見てにこりと笑った。

「今日は荒天で、大変な一日だったわね？」

「はい、危うく風邪をひくところでした。それで、ご用件は何でしょう？　申し訳ありませんが、私はこれから急ぎ宮廷へ戻らねばなりません」

「それは、あなたの助手の居所を探るため、かしら？」

峰風は目を見張る。なぜ、母がそのことを知っているのだろうか。

気にはなったが、今は子墨の件を優先させる。

「梓宸殿下ならば、何かご存じかもしれませんので」

梓宸は子墨の保証人だ。きっと、彼のもとには情報が届いているに違いない。

保護されているとは聞いたが、直接会って無事を確かめたかった。

「その必要はありません」

「ですが、子墨は妃嬪《ひひん》からお借りしている大事な従者です！　私が責任を持っ――」

「ええ、わかっていますよ。ですから、我が家で保護しております」

「えっ？」

「お茶の用意をさせていますから、二人で休憩なさい」

春燕は、うふふと妖艶に笑う。

峰風は、母の顔を二度見した。

◇◇◇

桑の木の下から這い出た子墨を抱きかかえたのは、覆面に黒装束のいかにも怪しい風体の人物だった。

子墨が声を上げようとする前に、サッと口を塞がれる。

「……凛月様、私です。どうか、お静かに」

（この声は、浩然？）

ひとまず、強張った体の力が抜ける。子墨は黙って頷いた。

緊張が緩むと、今度は様々な疑問が浮かんでくる。

なぜ、浩然がここにいるのか。なぜ、こんな黒ずくめの恰好をしているのか。

問いかけたら、答えてもらえるのだろうか。

「このまま、移動いたします」

浩然は子墨に外套を被せると、再び抱きかかえ歩き出した。

「峰風様は、ご無事なの？」

「私の仲間がお守りしておりますので、ご安心ください」

「そう、良かった……」

一番気掛かりだった峰風の無事は確認できた。

安堵したところで、今度は疲労感が押し寄せてくる。

浩然は、馬車が停まっている場所とは別の方向へ向かう。

待機させていた馬に子墨を乗せると、自分も後ろに乗った。

土砂降りの雨は、小止みになっている。ぬかるむ道を、馬は駆けていく。

このまま後宮に向かうと思っていたが、都に入る手前で馬が止まったのは一軒の家の前。

ここで服を着替え、馬車に乗り換えるという。

部屋に用意されていたのは、湯の入った桶と手拭い。女物の服だった。

「この恰好だと、後宮には入れないけど」

「後宮には戻りません」

「えっ？　でも……」

「別の場所へお連れするようにとの、上からの指示です」

今回の件を宰相が把握しているのなら、問題はないのだろう。凛月は、一旦思考を放棄した。

濡らした手拭いで汚れを拭うと、少しさっぱりした。素早く着替えを済ませる。

隣の部屋に居た浩然も、着替えを済ませ戻ってきた。

「凛月様は、今からは『凛風《リンファ》』という名の商家のお嬢様です。私は、奉公人の『宇《ユー》航《ハン》』です」

そう話す浩然は、商家へ仕える使用人のような恰好をしている。

眼鏡を掛け、髪型もいつもと全く違う。まるで別人のようだ。

「凛風様、御髪を失礼いたします」

上品なお嬢様服に着替えると、髪の乱れが顕著に目立つ。

さすがに今だけは、浩然も躊躇しない。手早く綺麗に髪を纏めてくれた。

「簪《かんざし》は、私がお預かりします。おしろいはお持ちですね？」

懐に入れていたおしろいは無事だった。

きちんと塗り直した凛月は頷く。

「では、参りましょう」

一息つくことなく、すぐに馬車で出発する。

後宮でなければ、どこへ向かっているのか。

そもそも、なぜ子墨が狙われたのか。犯人は誰なのか。仲間とは……

後宮にいるはずの浩然が、どうして桑園にいたのか。

訊きたいことは山ほどある。しかし、頭が働かない。瞼が重い。

雨の中を逃げ回り、極度の緊張にさらされた。

心も体も疲労困憊。馬車の揺れは、容赦なく眠りを誘う。

凜月は、早々に意識を手放した。


「──様。凜風様、着きましたので起きてください」

揺り起こされ、凜月は目を開けた。

いつの間にか雨は止み、馬車の窓からはうっすらと西日が差し込んでいる。

「ここは……どこ？」

半分、微睡《まどろ》みながら尋ねる。

全然寝たりない。まだ眠っていたい。頭がボーっとする。

「胡家です」

「……胡家？」

誰の家だっけ？と、凜月は寝ぼけまなこをこすりながら考える。

「宰相様、峰風様のお屋敷です」

「⁉」

凛月の頭が、一瞬でシャキッと冴えわたる。

胡家は、敷地の広い立派なお屋敷だった。

馬車を降りた凛月を出迎えたのは、中年の男女。

「春燕様、凛風お嬢様をどうかよろしくお願いいたします」

「宇航、ここまでご苦労様でした。こちらを、旦那様へ」

春燕は浩然へ書付を渡す。

「お嬢様、では私はこれで失礼いたします」

挨拶をすると、浩然はあっさり行ってしまった。

詳しい事情は何も聞かされないまま一人置いていかれた凛月は、離れの客間に通される。

「凛月様、お疲れでしょうが、まずは湯浴みをしましょう」

「あの、えっと……」

いきなり、本当の名を呼ばれた。

浩然からは、春燕は宰相の奥方で峰風の母と聞いた。凛月の名を知っているのなら、すべての事情もわかっているのだろう。

しかし、隣にいる中年男性は誰なのか。

「これは、瑾萱の父親で呉然と申します。信用のおける者ですので、ご安心くださいませ」

言われてみれば、目元が娘にそっくりだ。

凛月は一気に親近感を持った。

「ともかく、ご無事で何よりでございました。息子もそのうち戻って参りますので、どうか当家でごゆるりとお過ごしください」

「ありがとうございます。お世話になります。ご子息様と瑾萱さんには、いつも大変よくしていただいております」

緊張で、つい早口でまくし立ててしまった。

最後に二人へぺこりと頭を下げると、春燕が「そう、あの子が……」と嬉しそうに微笑んだ。


湯浴みを終えた凛月を待っていたのは、春燕と胡家の使用人たちだった。

あれよあれよという間に綺麗に髪を結われ、化粧まで施されてしまう。

使用人たちは下がり、部屋には凛月と春燕だけが残された。

「凛月様の今のお姿ならば、どこからどう見ても商家の息女にしか見えません。使用人たちには知人の娘を数日預かると周知しておりますので、当家にいらっしゃる間は

『凛風』として振る舞ってください。息子にも、そのように説明をいたします」

「私は、後宮に戻らなくてもいいのでしょうか？」

子墨はともかく、後宮妃である欣怡が宮に不在なのはかなり問題ではないだろうか。

「安全が確認できるまでは、我が家に滞在していただくと主人からは聞いております。貴女様の身が、何よりも大事ですから」

「後宮も、危険ということですか？」

「わたくしも詳細は知らされておりませんので、これ以上のことは……」

春燕が首を横に振る。結局、詳しい事情は何もわからなかった。

宰相が戻るまでは、凛月はただ待つしかない。

「ただいま、お茶の用意をさせております。夕餉前ではありますが、美味しいお茶菓子もございますのよ」

にこやかに笑う春燕の顔は、峰風によく似ていた。

春燕は、呼びにきた呉然と一緒に部屋を出ていく。

凛月は、しばらく部屋で休憩させてもらうことにした。

（峰風様は、まだ戻られないのかな……）

もうすぐ日が暮れる。あんなことがなければ、仕事を終え門まで送ってもらってい
る頃だ。

峰風や瑾萱に心配をかけてしまった。

何だか、ひどく疲れた。

椅子に座ったままうつらうつらしている内に、凛月は再び深い眠りについた。

人の気配を感じ、凛月はゆっくりと目を開ける。知らぬ間に上着がかけられていた。ぼんやりとした視点が、徐々にはっきりとしてくる。誰かが椅子に座って書物を読んでいる。

「峰風……様？」

「目が覚めたか。子墨、体調はどうだ？　怪我をしているところはないか？」

卓子《テーブル》に書物を置き、峰風が傍にやって来た。

いつも子墨に向けてくれる優しいまなざし。いつもと何も変わらない日常の光景。

「おかげさまで、どこも怪我はしていません。峰風様こそ……ご無事…で何より……」

熱いものがこみ上げてくる。視界がぼやけ、峰風の顔がよく見えない。

桑木の陰に隠れていたときに、峰風にはもう二度と会えないかもしれないと心のどこかで覚悟をしていた。

でも、子墨は助け出された。峰風も無事だった。こうして、また会うことができた。

それが、ただただ嬉しかった。

「可哀想に。相当怖い思いをしたのだな」

峰風の手が伸びてくる。頭をポンポンとされた。

大きくて温かい手が触れると、涙が止まらなくなる。

「ハハハ、子墨がそのような恰好をしているから、まるで俺が女子《おなご》を泣かせたみたいだ」

苦笑している峰風から手拭いを渡される。顔をゴシゴシ拭うと、化粧が剥がれた。

すっかり忘れていたが、今の凛月は女の姿だった。

中身は『宦官の子墨』で、見た目は『商家の娘である凛風』。

実に、ややこしいことになっている。

「峰風様は女嫌いですから、明日は姿を元に戻してもらいますね」

「いや、その必要はない。これも君を守るためだからな。それに、俺は『女嫌い』ではなく苦手なだけだ」

「苦手、ですか？」

「まあ、昔いろいろとあってな……でも、すべての女子《おなご》というわけではないぞ。瑾萱は苦手ではない。内《内面》を知っている者とは、普通に接することができる」

（内を知っている者なら、女子《おなご》でも大丈夫。では、私は？）

聞くか聞かないか迷ったが、思い切って口を開く。

「たとえばですよ、僕がある日突然女子《おなご》になったとします。それでも、峰風様の助手を続けることはできますか？」

何ともおかしな例え方だと、自嘲する。

それでも、峰風の口から直接答えが聞きたかった。

「官女に変装した宦官か。確かに、周囲の目を欺くには有効な手段だな」

凛月の顔をまじまじと見つめながら、峰風は真剣に考え込んでいる。

「だから、予行演習のつもりで母上は……」

「あの、峰風様？」

「ああ、すまない。もちろん見目が変わろうと、子墨が俺の助手であることに変わりはない。ただ、秀英へどう説明するかが問題だな」

「秀英さんには、『子墨の姉』と言います」

「アハハ！　それはいいかもしれないな」

思っていたのとは、違う形になった。でも、『官女に扮した宦官』として助手を続ける道は開けた。

もし「本当は宦官ではありません。女です」と正直に打ち明けていたら、どんな反応が返ってきたのだろうか。

笑いながら隣に腰を下ろした峰風の横顔を、凛月はそっと見つめた。

「冷めてしまったが、母上が用意してくれたお茶だ。お茶菓子もあるぞ。それとも、夕餉の後にするか？」

「いいえ、今いただきます！」

安堵して、泣いて、落ち着いたら小腹が空いた。

手に取った麻花《マーホア》はサクサクとした食感が香ばしく、どんどん食が進む。

隣には大麻花まである。こちらは、形が大きく柔らかい食感のもの。

パクっと頬張る。甘いお菓子は、疲れた体に染み渡る。

思わず笑みがこぼれた。

「とても美味しいです」

「フフッ、子墨はいつも幸せそうな顔で食べているよな」

「そ、そうですか？」

自分では顔が見えないから、どんな顔をしているのかわからない。

凛月は、昔から食べることが大好きだ。好き嫌いもほとんどない。

やはり、人よりも食い意地が張っているのだろう。

峰風は、麻花を一つ摘んだだけだった。

残りは、すべて凛月のお腹にしっかり収まった。

◆◆◆

「子墨が、拐《かどわ》かされそうになった？」

夜半過ぎ、第一皇子の梓宸は寝所で側近からの報告を受けていた。

「はい。ですが、たまたま現場周辺に待機していた刑部によって、無事に保護されたとのことです」

「犯人は捕らえたのか？」

「実行犯は複数名とのこと。すでに、刑部で取り調べを受けております。どうやら、工部の者たちのようで」

「……そうか。詳細がわかり次第、また報告を頼む」

「かしこまりました。夜分に失礼いたしました」

側近が下がったあと、梓宸は再び寝台へ寝転がる。しかし、目はすっかり覚めてしまった。

冴えわたった頭で、先ほどの報告を反芻する。

側近は優秀な男だ。不確定な事項を口にはしない。

報告がこんな夜半になったのも、できる限り確定した情報を集めるのに時間がかかったため。

そのことを理解している梓宸は、報告の遅れを叱責することはない。

『どうやら、工部の者たちのようで』

この言葉だけで、犯行を命じた人物がすぐにわかる。

広大な桑園には、農夫や工部の者たちが多く関わっている。そこへ手駒を数名送り込むなど、彼ならば簡単なこと。

工部尚書は、貴妃である雹華の父親。つまり、そういうことだ。

梓宸を陥れるために、まさか子墨が狙われるとは。理由があったとはいえ、保証人になったことが悔やまれる。

（明日、峰風に詫びねばなるまい）

相手の目的は、おそらく拉致・監禁。子墨が逃亡したと見せかけて数日後に解放し、捕らえさせる。

保証人となった梓宸も責を問われ、汚点となったであろう。

もしかしたら、欣怡への攻撃の意図もあったかもしれない。

お気に入りの宦官を失わせ、精神的な苦痛を与えるつもりだった。

「それにしても……」

梓宸には引っかかることがあった。

『たまたま現場周辺に待機していた刑部によって――』

桑園は重要な場所だ。主要産業である養蚕には決して欠かせないもの。

だからこそ、衛兵が常に周囲を警備している。

そんな中で騒動が起きれば、真っ先に気付くのは衛兵のはず。

しかし、それよりも早く刑部が異変を察知し動いた。

それに、工部の者が起こした事件として宮中に話が広まっていてもおかしくはないはずなのに、噂話を一切耳にしなかった。

常に情報収集をしている梓宸でさえも、いま知ったばかり。

秘密裏にことが進み、事件を終結させるまでの行動が異常に早い。早すぎる。

(もしや……『隠密』が動いた?)

皇帝直属と言われる、刑部の秘密部隊。組織の全容はすべて秘されており、第一皇子の梓宸でさえ詳細は知らされていない。

では、彼らが桑園付近にいた理由とは何なのか。

事前に今回の情報を入手していたならば、犯人たちが実行する前に取り押さえていたはず。

桑園の中で騒動を起こす計画自体が、罪になるのだから。

となれば、考えられることは一つしかない。

『護衛任務に就いていた』

誰に付いていたのか、答えは簡単だ。峰風ではない。高官が外出する際には、必ず護衛官が付くのだから。

言うまでもなく、狙われた子墨にである。大っぴらに護衛を付ければ目立つ。だから、隠密が陰から守っていた。

(子墨は、ただの宦官ではないのか？)

少女のように愛らしい顔をした、欣怡お気に入りの少年宦官。月鈴国の高貴な御方の紹介でこの国にやって来た。

峰風へ薔薇《そうび》の害虫駆除の件で助言をし、美味しい枇杷《びわ》を見分け、御前の難問を解いた。植物に関する知識と目利きの腕を持つ者。

毒草摘発の際にも、大いに貢献したと聞く。

子墨の主である欣怡は、月鈴国の元巫女か元巫女見習いで間違いない。

巫女は、あらゆる植物を掌《つかさど》る豊穣神の化身と言われ、その容姿は他の者たちとは大きく異なる。

欣怡が常に面紗《ベール》をしているのは、巫女であることを隠すためだと梓宸は考えていた。

それが、違う理由だったなら——

『(子墨の) 姿を捜したが、いなかったな』

端午節《たんごせつ》のときの峰風の言葉が思い出される。

梓宸は、欣怡の左手の甲を確認するつもりでいた。しかし、長い袖と手に巻かれた布に阻まれた。

子墨は表情ばかりを見ていたため、左手を気にしたことは一度もない。

「さて、どうしたものか……」

外へ目を向けると、夜空に浮かぶ楕円の月が見える。

二度目の奉納舞の日が近づいていた。

◆◆◆

翌日、峰風はいつも通り出仕することにした。

母の春燕から「凜風（子墨）さんはわたくしに任せて、しっかり働いていらっしゃい」と送り出される。

いつの間に準備していたのか、女物の衣裳がたくさん用意されていた。

まさかとは思いつつ尋ねてみたら、「もちろん、（凜風を）着飾るためよ！」と当然と言わんばかりの顔。

そういえば、春燕は昔から娘を欲しがっていた。飾り立てることもできない息子たちはつまらないと。

子墨を見ると、春燕の勢いに顔を引きつらせている。

助けてほしいと目が語っていたが、使用人たちは子墨を女だと思っているため、母の暴走を止めることができない。

同情と申し訳なさを感じつつ、峰風は屋敷を後にした。

執務室に着くなり、峰風は梓宸と劉帆それぞれから呼び出される。

梓宸からは、自分が子墨の保証人になったことで争いに巻き込んでしまったと謝罪された。

さらに、事件には工部の者が複数関わっているとも。

その話だけで、峰風は今回の事件の首謀者が誰か理解した。

劉帆からは、子墨の様子を尋ねられただけだった。

やはり、峰風に詳細を話す気はないようだ。

書類に目を通していた父は、ひどく疲れた顔をしていた。

早めに仕事を片付けた峰風は、日がまだ高いうちに屋敷へ帰った。

離れにある子墨の部屋を訪ねたが、姿がない。春燕に尋ねると、書庫か庭ではないかとのこと。

外出できない子墨のために、屋敷内は自由に出入りできるようにしてある。

書物を読んだり、庭園を散歩したりと、子墨は思い思いに過ごしているらしい。

最初に書庫を覗いたが、居なかった。

花でも観察しているのかと思っていたが、子墨がいたのは人目に付かない裏庭の奥の奥。

ここは、使用人でさえも用事がない限り通らない場所だ。

「子墨、こんな所……」

声をかけようとして、峰風は口を閉じる。

子墨は、舞を舞っていた。

◇◇◇

凛月は胡家で三日間お世話になり、満月の前日に後宮へ戻った。

結局、宰相は一度も屋敷には戻らず、詳しい事情を訊くことはできなかった。

峰風の母、春燕へ辞去の挨拶をすると、「いつでも当家へお迎えできる準備をしておきますわ」と峰風や使用人たちの前でにこやかに告げられる。

どういうことだろう？　と凛月は一瞬戸惑う。そして、すぐに状況を理解した。

『商家の娘、凛風』は、峰風の許婚候補の一人（という設定）なのだと。

（これは、非公式なお見合い《設定》だったんだ……）

胡家が突然若い娘を屋敷に滞在させても怪しまれないように、女が苦手な峰風が初対面の凛風と親しく話をしてもおかしくないように、いろいろと考えてくれたのだろう。

では、ここはどう返答すればいいのか。

「峰風様といろいろなお話をさせていただき、その優しいお人柄に触れることができました。ご縁がございましたら、よろしくお願いします」

どんなに裕福な商家でも、家格は胡家のほうが遥かに上だ。

ならば、『自分は峰風に好意を持った。彼から選ばれたら嬉しい』と返しておくのが正解だろう。

選択権は峰風にある。凛風にはない。

ここを強調しておいた。

「まあ、ではこれから頑張らなければならないわね、峰風？」

「ハハハ……母上は、何を仰っているのやら」

（うん？）

なぜ、選ぶ側の峰風が頑張ることになるのか、凛月にはよくわからない。

峰風は苦笑している。

これは、使用人の前での演技なのだ。

凛月はそう結論付けた。

使用人に扮した浩然が迎えにきて、凛月は胡家を後にする。

宮殿へ向かう途中に立ち寄った家で官服に着替え、髪を宦官用に整えてもらう。

所々が破れていた官服は、新しいものになっていた。


「凛月様！ ご無事で何よりでございました!!」

宮に入るなり、瑾萱が抱きついてきた。目が赤くなっており、体が震えている。

かなり心配をかけたのだと、改めて知る。

「心配をかけて、ごめんなさい」

凛月も瑾萱を抱きしめ返す。

二人の年齢は同じだが凛月のほうが小柄なため、関係を知らない者が見たならば、姉が弟を抱きしめているように見えるだろう。

普段なら瑾萱の言動に苦言を呈する浩然も、今だけは何も言わず見守っている。

「凛月様のせいではありません。悪いのは、全部あの方たちです！」

瑾萱は犯人たちが何者なのか知っている様子。

凛月が尋ねたら「旦那様から、説明があると聞いております」とだけ言われた。

翠も元気がない。

大丈夫だよと声をかけたら、棘が揺れたように見えた。

その日の午後、凛月は明日に備えて奉納舞をきっちり稽古した。その後、浩然に連れられ宰相に会いに行った。

執務室にいた宰相は、子墨の姿を目にして安堵の表情を見せる。

「ご心配をおかけして、申し訳ございませんでした」

「謝らねばならないのは、私共のほうです。まさか子墨が狙われるとは、想定外でした」

宰相によると、犯人たちの計画は、子墨が逃亡したと見せかけるために拉致・監禁をしたうえで後日解放するというもの。

すべては、保証人である梓宸へ罪を着せるためだった。

「念のため、護衛を付けておいて幸いでした」

「では、桑園に浩然がいたのも……」

子墨は、後ろに控える浩然へ視線を送る。

「もちろん、彼もあなたの護衛の一人ですから」

知らなかっただけで、凛月は外でもずっと守られていたのだ。

有り難い気遣いに、涙が出そうになる。

「今回の件はすべて解決いたしましたので、もうご心配には及びません。では次に、明日の話をさせていただきます」

「たしか、奉納舞の立ち会い人を増やしたいというお話でしたよね？」

欣怡が端午節《たんごせつ》で舞を披露したことで、祭祀への参列希望が殺到しているとのことだった。

ある程度不満を解消するために何名かを参列させたいと、宰相の書簡には書いてあった。

「実は、少々事情が変わりまして……奉納舞の前に、欣怡妃を巫女様としてお披露目をさせていただくことになりました」

「お披露目ですか？」

何とも急な話だった。

「いつまでも面紗《ベール》で顔を隠したままでいるのも大変でございますし、変化の理由も判明しましたのでお顔を出していただこうかと」

宰相いわく、巫女であると周囲に納得してもらうためには『銀髪・紫目』の姿を見てもらうのが一番説得力があるとのこと。

華霞国は黒髪・黒目の国民がほとんど。だからこそ、他国民の子墨も目立たず周囲に溶け込むことができた。

それとは逆で、巫女として認めてもらうために周囲とは異なる姿を見せるというわけだ。

「浩然からは、巫女のお姿と子墨は同一人物には見えないと報告を受けておりますゆえ、問題はないと考えております」

巫女のときの姿を知っているのは、瑾萱と浩然だけ。その浩然が言うのだから、間違いないのだろう。

凛月としては、これからも峰風の助手の仕事が続けられるのであれば、それでいい。

「わかりました。すべて、お任せいたします」

凛月は、巫女としての務めを粛々と果たすのみ。

それが、子墨として存在し続けることにつながるのだから。


翌日、凛月は外廷にある正殿の中にいた。

御簾《みす》の奥に控えているため外の様子は薄っすらとしか見えないが、高官たちがずらりと並んでいる姿が確認できる。

これから、巫女として彼らの前に出る。

ここから姿は確認できないが、峰風や梓宸もいる。

子墨と見目は違うし、化粧もしている。だから大丈夫だと、何度も自分に言い聞かせた。

「欣怡様、なんだか緊張してきました」

「なぜ、おまえが緊張するんだ？　表に出るわけでもないのに」

「私は、浩然と違って外廷に来ることなんてないもの！」

こんな場所でも、二人のいつもの言い合いは変わらない。

クスッと笑ったら、強張っていた肩の力がスッと抜けた。

「あっ、欣怡様は普段の柔らかい表情に戻りましたね」

「私は、そんなに硬い表情をしていた？」

「はい。こちらまで張りつめた空気が伝わってくるようでございました」

すべて、しっかり見通されていたらしい。

凛月は、この二人には絶対に隠し事はできない。

「欣怡様のお披露目は、まだ先でございます。その前に、評議がございますので」

「評議？」

昨日、宰相からそんな話は聞いていなかった。

おそらく、急に決まった予定なのだろう。

「では、せっかくだから見学させてもらいましょう」

高官たちが集う会合など、平民では見る機会はまったくない。

凛月は御簾《みす》越しに、高みの見物を決め込むことにした。

◇◇◇

今朝、通達された臨時招集命令について、高位官吏たちは何事かとコソコソ話し合っている。

梓宸の後ろに控えている峰風は、そんな周囲の様子を眺めていた。

この評議は、梓宸でさえも事前に知らされていなかったようだ。

しかし、聡明な主はすぐに議題に思い当たったらしい。それは、峰風も同じだった。

本来であれば、峰風も他の高官たちと同じあちら側にいるはずの立場。このような重鎮たちが並ぶ側にいて良いはずがない。

間違いなく、先日の子墨拉致未遂の件で証言を求められるのだろう。

しばらくして皇帝が登場。そして、評議が始まった。

「本日、皆さまにお集まりいただきましたのは、先日桑園内で発生しました事案についてご報告をさせていただくためでございます」

担当者が朗々と議題を読み上げ、次いで、刑部侍郎が事件のあらましを話し始める。

妃嬪《ひひん》付き宦官の拉致未遂の話を聞いて、「(妃嬪《ひひん》付きとはいえ) たかが宦官が拉致されそうになった件を、わざわざ臨時招集してまで報告すべきなのか?」と参列者から刑部へ疑問の声が上がった。

(『たかが宦官』か……)

苦々しい思いを、峰風は呑みこむ。

その者の出自にかかわらず、有能な者は重用する。峰風や梓宸が一貫している姿勢だ。

しかし、外廷に出仕している官吏・官女の中には、宦官や平民出身の官を見下す者が少なからずいる。

声を上げた高官も、その一人なのだろう。

「実行犯はすぐに捕らえられ、取り調べの結果、工部に所属する者たちと判明しております」

ざわっと、どよめきが起こった。「どうして、工部の者が?」「なぜ、そのようなことを?」皆が首をかしげる。

高官たちからの視線を受け、工部尚書の赦鶯がおもむろに口を開いた。

「今回の件につきましては、私も寝耳に水の話で驚いているところでございます。ですが……」

赦鶯は、一度言葉を区切る。

「その宦官は、本当に被害者なのでしょうか？」

その口調には、自信がありありと見えた。

「赦鶯殿、それはどういう意味ですかな？」

刑部侍郎に代わり問いかけたのは、刑部尚書だった。恰幅のよい赦鶯とは対照的な細身の男性。

赦鶯の意見に不快感を示したわけではなく、冷静に発言の意図を尋ねている。

「その者が桑園から逃亡しようとし、それに気付いた配下たちが追いかけたのではないか？　ということです。その行動が、結果的に宦官を拉致するように見えたのかもしれません」

そう来たか。峰風は顔をしかめる。

桑園で子墨がいなくなったときに、護衛官も同様のことを口にしていた。

「たしかに、容疑者たちはそのように供述しておりましたな。『自分たちは、宦官の逃亡を阻止しようとしただけだ』と」

刑部尚書は、淡々と事実を述べた。

「やはり、そうでしたか。そもそも、配下たちが宦官を拉致する理由がございません」

高官たちが、赦鶯の意見に同調していく。

まずい流れになってきたと、峰風はグッと拳を握りしめた。

「ですので、彼らは無実です。代わりにその宦官を捕らえ、事情聴取を――」

「その前に、当日その宦官と現場におられた胡峰風殿に状況をお尋ねしたい。よろしいですかな？」

結論を急ぐ赦鶯を制止し、刑部尚書はこちらへ顔を向ける。峰風は立ち上がった。

峰風としては、子墨の代わりに彼の無実を主張するだけだ。

妃嬪《ひひん》付き宦官を、助手として借り受けていること。

職務のために桑園へ行き、途中で別れたことを説明した。

「なぜ、途中で別れたのです？　一緒に農夫に付いて行けばよろしかろうに」

「あの日は、朝から天候不順でした。雨具などは装備しておりましたが、万が一風邪をひかれては妃嬪《ひひん》の職務にも差し障りがあると判断いたしました」

「なるほど。この時期に風邪をうつされては困るということですな」

妃嬪《ひひん》の名が明かされていない以上、祭祀のことは言えない。

刑部尚書は事情を知っているようだ。峰風のざっくりとした説明にも合点がいったとばかりに頷いた。

「だから、その隙を突かれたのだろう。これ幸いと、逃亡をはかったのだ」

「彼はそんなことはしません！　する理由もない!!」

横槍を入れてきた赦鴬へ、峰風は思わず反論する。

子墨へ濡れ衣を着せようとする赦鴬が許せなかった。

「理由がないと、どうして言い切れるのだ？　君が知らないだけで、妃嬪《ひひん》からひどい扱いを受けていたかもしれないだろう？　宮の中でのことなど、我々にはわかるまい」

「それは……」

峰風も、一時期は疑ったことがあった。

でも今は、絶対にそれはないと言い切れる。言い切れるだけの理由もある。

――ただ、口にできないだけで。

「このように、最初から結論は出ております。妃嬪《ひひん》からの扱いに追い詰められた宦官が外へ出られたのを機会と捉え、年季を終える前に逃亡をはかった。まあ、よくある話です」

「赦鴬殿の言う通りだ。即刻件《くだん》の宦官を捕らえるべきと、私も思う」

これまで、傍観者としての立場を貫いていた第二皇子の麗孝が口を挟んだ。

「あと、その保証人となった者の処罰も検討する必要があるな。桑園という重要な場でこれだけの騒動を起こしたのだから、当然であるが」

麗孝がちらりと顔を向けた先には、第一皇子の梓宸。

挑戦的な視線を送りつける異母弟に、梓宸は意味深な笑みを返した。

「ハッハッハ！」

突然笑い出したのは、刑部尚書だった。

「いやいや、申し訳ない。敕鶩殿の言う通り、結論はすでに出ているのですよ。ただ、個人的に疑問に思っていたことがあり、どうしても峰風殿に尋ねてみたかったのです」

刑部尚書は「ありがとうございました。どうぞお座りください」と、峰風へ着席を促した。

「さて、結論から申し上げますと、宦官殿は無実です。工部の者たちにいきなり拉致されかけ、桑園内を逃げ回っていたことは目撃者の証言からも明らかです。次に、彼が狙われた理由ですが――」

「ちょっと、お待ちください！　私の配下が罪を犯したというのですか？」

「はい。あなたの指示であるという、明確な証拠もここにあります」

きっぱりと断言した刑部尚書は、懐から書簡を取り出した。

正殿内はざわざわと収拾がつかなくなっている。担当者が「静粛に願います！」と声を上げた。

「これは、あなたが配下へ渡した指示書の一部です。纏め役の者が、屋敷に隠し持っておりました。筆跡もすでに鑑定済みです」

「ハハハ、これは異なことを仰る。なぜ、私がそのようなことをする必要があるのですか？」

「宦官殿の保証人である梓宸殿下に、どうしても罪を被せたかったのですかな……雹華様が」

「母上だと⁉」

祖父に続き出てきた母の名を聞いて、麗孝は目玉を飛び出さんばかりに驚いている。

「我々は、首謀者は雹華様と断定しております。残念ながら証拠もございます。そして赦鶯殿は、それを諫《いさ》めたり止めたりするどころか手伝ってしまわれたのですよ」

「まさか、そんな……」

麗孝は絶句する。完全に血の気が失せ、顔が青白い。

刑部尚書は「実に嘆かわしいことです」と首をふった。

◇◇◇

「一つ訊きたいことがあるのだけど、いい？」

騒然とした中、のほほんとした声を出したのは梓宸だった。

「彼らが私を陥れようとしたことはわかった。しかし、なぜ桑園付近に刑部の者たちがいたのか、ずっと気になっていてね。差し支えなければ、教えてもらいたい」

峰風も知りたかったことを、梓宸が躊躇なく尋ねる。

どんな答えが返ってくるのか、峰風は静かに待った。

「それは、命を受けまして宦官殿をお守りしていたからでございます」

「やっぱり、そうだったのか」

子墨を守っていたことを、刑部尚書は拍子抜けするくらい簡単に認めた。

優秀な主は、その可能性に気付いていたようだ。峰風は思いつきもしなかった。

「刑部は、いつからそんな仕事までするようになったのかな?」

「詳しいことは、これから説明がございます。宰相殿、あとはお願いいたします」

刑部尚書から引き継いだ宰相は、ゆっくりと立ち上がる。

「今の話に疑問を持った者も、多くいると思う。まずは、こちらの方を皆へ紹介したい」

御簾《みす》の奥から現れたのは、面紗《ベール》を被った女性。欣怡だ。

欣怡は皇帝へ揖礼《ゆうれい》し、隣に腰を下ろした。

後宮妃が外廷へ出てくるなど、余程の事情があった場合に限られる。

ただ事ではない事態に、皆が息をのんだ。

「端午節《たんごせつ》で見知った者がほとんどだと思うが、欣怡妃は後宮妃ではない」

ざわっと、今日一番のどよめきが起きた。

「我が国にお迎えした、豊穣の巫女様である」

◇◇◇

宰相は、欣怡が豊穣の巫女だと正式に認めた。

しかし、峰風が知りたいのは別のこと。

(子墨の正体は、欣怡妃なのか？)

あの日、子墨は胡家の裏庭で舞を舞っていた。

男でも舞を嗜《たしな》む者は多くいる。特に珍しいことではない。峰風は、鑑賞するほうが好きだが。

子墨がどんな舞を舞うのか、最初は興味本位で眺めていた。

しかし、すぐにあることに気付く。子墨の舞はどこかで見覚えがあった。

この舞は――

満月の明かりの下、可憐に舞い踊る天女の姿が脳裏に浮かび上がる。

子墨の姿が、欣怡の舞い姿にぴたりと重なった。

くるりと回転した子墨が、離れた場所に立っている峰風に気付いた。目を見開き、まるで化け物でも見るかのような驚愕の表情をしている。

峰風が近づくと、子墨はすぐに表情を取り繕った。

「お、おかえりなさいませ！」

表情は取り繕ったが、動揺は隠しきれないようだ。

目は泳ぎ、可哀想なくらい挙動不審となっている。

「ハハハ！　そんなに驚くことはないだろう？」

「い、いいえ。その…今日は、もうお仕事は終わられたのですか？」

「子墨が心配だったから、早めに切り上げてきた」

「それは、ご心配をおかけしました。ご覧の通り、僕は元気です！」

「そうだな。昨日より、さらに女子《おなご》っぽくなってはいるが……」

苦笑いを浮かべる峰風が視線を向けたのは、子墨の頭。

今日は髪を中央で二つに分けられ、左右にお団子を作られている。さらに、花飾りの付いた簪《かんざし》まで。

「母上は、どうやら子墨が男子《おのこ》であることを忘れているようだ」

「アハハ……」

（もしかして、本当に女子《おなご》なのか？）

峰風は、改めて子墨の顔を観察してみる。

市場で会ったときから、可愛らしい顔をした少年だとずっと思っていた。

高い声も、小柄な体格から見て違和感はまったくなかった。

後で宦官だと知り、すんなり納得したのだ。

「ところで、子墨は舞を舞えるのだな？」

「は、はい、その…月鈴国で、少々習ったことがありまして」

「そうか」

奉納舞を舞うのは、巫女だけではないのか？

それとも、宮廷内に居る者は誰でも舞うことができるのか？

様々な疑問が湧いてくる。つい、いろいろと尋ねたくなる。

しかし、峰風が欣怡の祭祀に立ち会ったことは秘匿されており公にできない。

少し見ただけでも、子墨の舞の腕はかなりのものとわかる。

少々習っただけで、あれほど舞うことはできない。

先月の満月の夜に舞っていたのは、子墨で間違いない。それだけは、自信を持って断言できる。

しかし、豊穣の巫女は『銀髪・紫目』のはず。『黒髪・黒目』の子墨は当てはまらない。

（だから、欣怡妃は面紗《ベール》を被り顔を隠している？）

それとなく子墨の左手を確認する。

手の甲に、痣はなかった。

◇◇◇

「――豊穣の巫女である欣怡様には、五穀豊穣を祈念する奉納舞を舞っていただくという重要なお役目がございます。それを陰から支える従者もまた、誰一人欠かすことはできないのです」

「だから従者に簪《かんざし》を授け、さらに護衛まで付けていた。そして今回、それが奏効したと……」

「はい。ですので、目撃者というのは護衛についていた者たち、というわけです」

「ハハハ、これ以上ない証人ということか……」

梓宸は乾いた笑い声を上げ、宰相は説明を終えた。

刑部尚書が手を上げると、配下たちが赦鷲を取り囲む。工部尚書にまで上り詰めた男が、刑部へ連行されようとしていた。

「そ、その女が本当に豊穣の巫女なのか、証拠を見せてくれ！　面紗《ベール》を被り顔を隠している以上、誰かが成り済ましているかもしれないだろう!!」

赦鶯が立ち上がり、口角泡を飛ばす。

往生際が悪いとは、まさにこのこと。しかし、赦鶯の言い分も決して間違いではないと峰風は気付く。

もし欣怡が巫女でなければ、彼らの罪は軽くなる。巫女を詐称したとして、欣怡を訴えることもできるのだ。

「私は、月鈴国の知人から話を聞いたことがあるぞ。豊穣の巫女たちは皆『銀髪・紫目』の容姿で、左手の甲に痣があると！」

高官たちの視線が欣怡へ集中する。これは非常にまずい状況だ。

もし子墨が欣怡だった場合、巫女と認めてもらえない可能性が高くなった。

あの方の紹介状を持ち、豊穣神の化身と呼ばれるにふさわしい植物の知識と目利きの腕。見事な舞を披露した子墨が偽物のはずがないと峰風は確信している。

しかし、人は見た目に左右されやすい。

痣がなく、自分たちと同じ『黒髪・黒目』の巫女では説得力に欠ける。

大丈夫だろうか。峰風は、ハラハラしながらただ成り行きを見守ることしかできない。

欣怡はすくっと立ち上がると、周囲へ見えるように左手の甲を掲げた。

「おお！」と高官たちから歓声が上がる。

そこには、はっきりと麦の穂の痣があった。先日、峰風が確認したときには無かったもの。

（どういうことだ？　問われることを見越して、痣を描いた？）

「フン！　痣などいくらでも偽装できる。やましいことがなければ、顔も見せてもらおうか」

赦鶯は、あくまで強気の姿勢を崩さない。面紗《ベール》を外せとまで要求する。

しかし、顔を見せれば、見目が違うということが発覚してしまう。

そのとき、欣怡が動く。つかつかと赦鶯の傍まで歩み寄った。

一体、何をする気なのか。

峰風は止めに入りたい衝動を必死に抑えた。

「欣怡様⁉」

普段は落ち着き払っている父でさえ、動揺で声が裏返っている。

刑部が取り囲んでいるとはいえ、逆上した赦鶯が何を仕出かすかわからない。

宰相が御簾《みす》の奥へ合図すると、浩然が素早く出てくる。欣怡の前に壁のように立ちはだかった。

「欣怡様、恐れ入りますがこれ以上は容認できません」

「ごめんなさい。まったく反省のない態度に腹が立ってしまって……」

端午節《たんごせつ》のときと同じ、低く落ち着いた声。

子墨の声に似ているような気もするし、まったく違うような気もする。

欣怡は、浩然越しに赦鶯へ顔を向けた。

「あなた方が起こした騒動で彼がどれほど怖い思いをしたか、想像したこともないのでしょう。見知らぬ男たちから追い回され、雨の中を必死で逃げ回ったのですよ」

峰風は、突然泣き出した子墨の姿を思い出す。それでも、彼は自分のことよりも峰風の無事を喜んでいた。

欣怡が次に顔を向けたのは、高官たちだった。

「相手が宦官だから、平民だから、何をしてもよいわけはありません。それが理解できぬ者に、人の上に立つ資格はございません」

きっぱりと言い切った欣怡は、面紗《ベール》を取り払う。

布の下から現れたのは、銀髪・紫目の可憐な女性だった。

「これで、ご納得いただけましたか？」

蛇に睨まれた蛙のように、赦鶯がへなへなと座り込み静かになった。

梓宸が「ほう……」と感嘆のため息をもらす。

紫水晶のような瞳を真っすぐ赦鶯へ向ける欣怡を、峰風は瞬きもせずに見つめていた。

◇◇◇

「工部尚書へ敬意を表し、縄は打ちません。おとなしくご同行ください」

「皇帝陛下！　これは私を陥れようとする者の策略です!!　私は何もしていない!!」

刑部侍郎の申し出も聞かず、赦鷲はみっともなく喚き騒ぐ。最後まで醜態をさらした。

その様子を麗孝は呆然と、峰風と梓宸は冷静に、高官たちは好奇の目で眺めている。

皇帝はいつものように、無表情・無反応を貫く。

埒が明かないと、刑部尚書は配下に命じ赦鷲を捕縛させた。

「麗孝、おまえは今回の件に関与しているのか？」

梓宸は鋭い眼光を向ける。あまりの迫力に、麗孝は震えあがった。

「あ、兄上、私は何も知りません！　本当です!!」

「梓宸殿下、麗孝殿下は無関係であると証明されております。でなければ、今ごろは……」

刑部尚書は言葉を濁す。見つめた先にいたのは、うなだれる赦鷲だった。

◇◇◇

同時刻、雹華の宮を数名の宦官を引き連れた男が訪れていた。峰風が桑園で出会ったあの人物である。

貴妃への面会にあたり、事前の申し入れも無しにいきなり押しかけてきた非常識な人物。

しかし、皇帝の勅使である以上、雹華が無下に追い返すことはできない。

「一体、何事ですの？」

不機嫌さを隠しもせず、雹華は応接室で使者と向き合う。

ようやく今日、長かった謹慎処分が解けた。

貴妃に従順な妃嬪《ひひん》たちと、久しぶりにお茶会をするはずだった。その予定を変更させられたのだ。

機嫌を悪くするなと言うほうが、無理な話だった。

「先ほど、工部尚書が捕らえられました。容疑は、桑園内にて宦官の拉致を企み、騒動を惹起《じゃっき》した罪です」

「お父様が、まさか……」

「同罪で、雹華様は本日より幽閉の身となります。宮の出入り口は封鎖し、周辺へ宦官を配置いたしますので、ご承知おきください」

使者は、感情の籠っていない声で勅書を読み上げる。

沙汰が下されている以上、すでに証拠も押さえられているのだろう。

今さら無実を訴えたところで、悪あがきにしかならない。

雹華は冷静に判断した。

「一つ、訊いてもいいかしら？」

「何でしょうか？」

「たかが宦官一人を拉致しようとした罪にしては、大仰すぎるのではなくて？」

これは負け惜しみではない。雹華の素朴な疑問だった。

「『たかが宦官』、ではなかったからですよ」

「どういうこと？」

「この国において、重要なお役目を担う方。豊穣の巫女様の従者だったからです」

「豊穣の巫女……」

父から話だけは聞いたことがあった。

隣国で満月の日に奉納舞を舞う、他とは異なる容姿を持つ特別な巫女。

「それが、欣怡妃の正体だったというわけね」

「左様でございます。では、私はこれで――」

「待って、もう一つだけ。麗孝は、どうなるのかしら？」

「麗孝殿下が関与されていないことは、すでに証明されております。連座も適用されません」

「それは、良かったわ」

使者は部屋を出ていった。

外が騒々しい。早速、宦官たちが配置されたようだ。異様な雰囲気に、侍女たちがあたふたしている。

雹華が幽閉されたことは、すぐに後宮中に広まるだろう。

これから麗孝は、第一皇子と同じ境遇になる。

梓宸とは違い、母親と後ろ盾を同時になくした我が子は一人でやっていけるのだろうか。

雹華は心配でたまらない。

どうして、こんな結果になってしまったのか。

（わたくしは、どこで道を誤った？）

今回の件を画策したときなのか。それとも、欣怡の舞い姿に嫉妬したときか。

皇后が亡くなり、国母になれるかもしれないと夢を抱いてしまったときなのか。

それよりもずっと昔、後宮入りをしたときだろうか。

「まあ、今となってはどうでもよいことね」

庭園に咲く昼顔が、季節の移り変わりを告げていた。

第四章　関係の変化

月鈴国の宮殿にある稽古場では、今日も巫女見習いたちが舞の稽古に勤しんでいた。

神託で新たな巫女に選出された桜綾には、連日、今まで以上に舞の稽古が課せられていた。

「桜綾、もう一度やり直しです」

「申し訳…ございま……せん。少し…休憩…を……」

ずっと舞い続けている桜綾は、息が上がりフラフラの状態。今にも倒れこみそうだった。

「……仕方ありませんわね。しかし、こんな調子では中秋節に間に合いませんわよ」

師である嶺依の呆れたような視線が突き刺さる。

ため息を一つ吐き、師は他の巫女見習いのところへ行ってしまった。

これまでは、桜綾が適当に稽古をしていても嶺依は何も言わなかった。指導されていたのは凛月だけ。

凛月は不出来だが、自分は稽古をせずとも実力がある。

桜綾はそう思っていた。

違うと気付いたのは、次期巫女に選ばれてから。

師が厳しく指導をしていたのは、凛月を次期巫女として育てていたからだった。

凛月は、それに平気な顔でついていっていた。桜綾のように練習を途中で中断する姿など、一度も見たことがない。

不出来なのは桜綾のほうだった。

稽古を怠けてばかりの自分は、最初から期待もされていなかったのだ。

このままでは中秋節で上手く舞うことができず、恥を掻く。皇帝の不興を買うかもしれない。

（わたくしは何も悪くない。すべて、家族のせいね……）

己を省みることなく、桜綾は責任を転嫁した。

桜綾の祖母と母は、元巫女見習いだった。

祖母は嶺依と豊穣の巫女の座を競い、敗れた女性。

桜綾の手の甲に証が発現したとき、祖父母や両親は喜んだ。

孫こそは巫女に。祖母の口癖だった。

周囲の期待を一身に背負ってきた桜綾だが、神託で選ばれたのは桜綾と凛月だった。

同時に二人が選ばれるなど、前代未聞のこと。礼部内で極秘に協議が行われた。

「神託に従い、二人とも豊穣の巫女にすべき」

「奉納舞を舞わせて、上手なほうを巫女にしたらどうか？」

様々な意見が出たが、無用な争いが生じることを懸念した礼部尚書の一言ですべてが決まった。

元孤児で『黒髪・黒目』の凛月より、高位官吏の娘で見目が巫女に相応しい桜綾が選ばれるのは当然の結果だった。

桜綾には、絶対に巫女に選ばれなければならない理由があった。

皇弟の子息である俊熙《ジュンシー》は、皇太后の孫でもありお気に入り。

高位官吏の中では、一番の出世頭と目される人物だ。

桜綾は俊熙が次期巫女を伴侶にするつもりであると、父から聞いていた。

宮廷内で俊熙の姿を初めて見たときから、桜綾の心は決まった。

桜綾にとって豊穣の巫女の地位などどうでもよかったが、俊熙の妻になるためにはなりふり構っていられない。

ところが……

桜綾が次期巫女に決まったとき、俊熙が「なぜ、次期巫女が凜月ではないのか？」と発言したと聞き血の気が引いた。

俊熙は巫女を妻にしたかったのではなく、凜月を妻に望んでいたのだと知る。

傍系とはいえ皇族の一員に名を連ねる俊熙の配偶者は、平民出身の巫女見習いでは周囲に認められない可能性もある。だから、巫女に選ばれた凜月を堂々と迎えるつもりだったのだ。

それを証明するかのように、次期巫女と皇族の結婚話は立ち消えになっていた。

凜月が国内に居られないよう手を回したのは、万が一の事態を恐れたため。

皇族との婚姻を望んでいないばかりか、桜綾を侮辱した。

そんな凜月が俊熙に望まれ、いずれ妻の座に収まるなど容認できるはずもない。


「華霞国が、初めて豊穣の巫女様を迎えたようだ」

「巫女様を？　でも、我が国の巫女様とは容姿が異なるのだろう？」

「それが、同じ『銀髪・紫目』だと。なんでも、かなりの舞の名手らしいぞ」

宮廷の官吏たちの噂話は、すぐに桜綾の耳にも届く。

巫女がいるのは、なにも月鈴国だけではない。

他国でも証を持った者はいる。稀に、同じ容姿を持つ者も。

（どうして、今なの……）

来月、月鈴国の第三皇子が親善大使として華霞国を表敬訪問することが、先日発表されたばかり。

俊熙が、随行員として選ばれている。

この時機に隣国に新たな巫女が現れたことが、何を意味するのか。

桜綾は、不安な気持ちが拭えなかった。

◆◆◆

この日、峰風の執務室を訪れていたのは小さな貴人、泰然《タイラン》だった。

「――というわけで、母上が庭木を撤去すると言って譲らぬのだ。なんとか峰風から説得してくれぬか？」

「ですが、淑妃がお決めになられたことに一介の官吏が口を挟むなど……」

「あの木は、この国では珍しいものなのだろう？　それを見す見す失ってしまってもよいと、兄上の覚えめでたい樹医殿は申すのだな？」

「それは……」

泰然は懐柔策が失敗と判断するや否や、今度は圧をかけ凄んできた。

「泰然殿下、無理を仰ってはなりませぬ！」

護衛官とともに随伴してきた年嵩の侍女が幼い主を諫《いさ》めているが、ほとんど効果はない。

「そうそう、言い忘れておったが、あの木に『赤』が咲いたのだ」

「『赤』でございますか？」

峰風が敏感に反応した。

「其方も青紫色は見たことがあるだろう？　どうだ、赤紫色も見てみたくはないか？」

「……」

「では、宮で待っているぞ」

泰然は、峰風の弱点を的確に突いてきた。

齢《よわい》十歳にして、この策士ぶり。さすがは梓宸の異母弟、恐るべし。

子墨は、ただただ感心した。


その日の午後、子墨は峰風と共に淑妃の宮を訪れた。

以前、お茶会で他の正四品の宮へは行ったことがあるが、正一品は初めてのこと。宮の造りからして全く違う。敷地も広い。庭園も立派だった。

「樹医殿もお忙しいでしょうに、泰然がわがままを言って呼びつけたと聞いております」

二人を、淑妃である美羽蘭《ミュウラン》が出迎えてくれた。

端午節《たんごせつ》のときは、凛月はチラッと顔を見かけただけだった。

同じ黒髪・黒目だが、やや顔の作りが違う。名も珍しい。

峰風によると、海を越えた東方国の出自とのこと。

宮の中では、この国ではあまり見かけない調度品に目が留まる。物珍しい美術品も飾られている。

異国情緒あふれる淑妃の宮と比べると、欣怡の宮は地味な部類に入るだろう。

室内で存在感を主張しているのは、老翁からもらった仙人掌《サボテン》の翠のみ。

一番日当たりの良い場所で、のびのびと育っている。

「母上、私は峰風に珍しいアレを見せてやろうと思っただけです！」

「泰然殿下が、私の後学のためにお声をかけてくださったのです」

「そうだったの……」

先ほどまでのにこやかな顔が一変、美羽蘭の表情が一瞬曇る。

子墨はそれが気になった。

庭園の中央に植えられていたのは、紫陽花の木。

老翁の屋敷で見たものはまだ蕾の状態だった。

今はちょうど見頃を迎えているのか、咲き乱れる様は目を大いに楽しませてくれる。

「これが紫陽花ですか。青紫色のとても綺麗な花ですね」

「子墨、これは花のようで花ではないのだぞ。『装飾花』というのだ。峰風の助手をしているくせに、おまえはそんなことも知らぬのか？」

「勉強不足で申し訳ございません。私は、今日初めて拝見しました。泰然殿下はよくご存じですね？」

「当然だ！　母上の故郷から来た植物だからな」

どうだと言わんばかりに得意げに胸を張る幼い貴人が、なんとも愛らしい。

頭をなでなでしたくなる衝動をグッとこらえたところで、子墨ははたと気付いた。

（もしかして、私も峰風様から子供扱いされたのかも……）

胡家で頭をポンポンとされたときは、大きくて温かい手に涙が止まらなかった。

しかし、よくよく考えてみれば子墨は十六歳の立派な成人男性（設定）だ。頭を撫でられるような年齢ではない。

あの時の状況を再現してみようと頭に手を伸ばしたが、髪型と簪《かんざし》に阻まれた。

「自分の頭を叩いて、何をするつもりだ？」

「い、いいえ、何でもありません！」

峰風の不思議そうな視線が痛い。

これではまるで、挙動不審者だ。

こういう行動が峰風から子供っぽく見られる原因なのだと、自分であっさり納得した。

「御前様のところにあった紫陽花は、こちらのを取り木したものだそうだ。あちらも、今ごろは綺麗な装飾花が咲いているだろうな」

「紫陽花が、こんなに綺麗な植物とは知りませんでした」

まだまだ未知の植物はたくさんある。

助手を続けるためには、もっともっと研鑽を積まなければならない。

子墨は意気込みを新たにした。

「ところで泰然殿下、赤はどちらでございますか？」

目の前の紫陽花は、すべて青紫色。赤など、どこにも見当たらない。

「あれは、奥の庭園だ」

◇◇◇

赤い紫陽花が私的な区域《プライベートエリア》にあると知り、峰風はすぐさま辞退を申し出る。

しかし、泰然は強引だった。「母上から許可は得ている！」と連れてこられたのは、庭園の最奥。

そこにあったのは、先ほどよりも一回り大きい紫陽花だった。

間近で観察すると、木全体の大きさがよりわかる。

「立派だな」

峰風から感嘆のため息が出た。

「……泣いている」

隣にいる子墨の口から、ぽろりと言葉が漏れた。

「泣いている？」

「あっ……同じ木なのに、下の方だけ色が違いますね」

「たしかに、他はすべて青紫なのに、一部だけ赤に近い紫だ。しかも、全体の中でそこが一番大きくて綺麗な装飾花を咲かせているな」

「この紫陽花は、母上が入内したときに植えたものなのだ。しかし、こんな赤色の装飾花を咲かせるのは今年が初めてで、皆が驚いている」

膝を折り間近で赤い装飾花を観察していた子墨が、泰然を見上げた。

「殿下、つかぬことをお尋ねします」

「なんだ？」

「最近、この紫陽花に関係された方が、その……お亡くなりになったというようなことはございましたか？」

「其方、今なんと申した⁉」

驚き言葉を失っている泰然の後ろから現れたのは、美羽蘭だった。

つかつかと歩み寄って来る淑妃を見て、子墨は慌てて立ち上がる。

前に出た峰風は、深々と頭を下げた。

「助手が泰然殿下へ不躾な質問をしてしまい、大変申し訳ございません」

「樹医殿、誤解なさらないで。どうして彼がそれを知っているのか、気になっただけですの」

美羽蘭が立腹している様子はない。

純粋に答えを知りたがっているだけだった。

「紫陽花が、故人を偲んでいるような気がしまして」

「まさか！　だから、あそこだけ赤を……」

絶句した泰然が「母上！」と叫び美羽蘭にしがみつく。幼い我が子を、母はしっかりと抱きしめ返した。

「……人ではなく老犬ですが、先月の初めに死にました。この子にとっては血を分けた兄弟のような存在でしたから、すっかり落ち込んでしまって」

「洋《ヤン》はこの紫陽花が大好きだったから……見える場所に埋葬してやったのだ」

赤い目をこすり鼻をすすりながら、泰然は紫陽花を指さす。

「よく、そこで昼寝をしていた。ちょうど、その辺り……赤い装飾花が咲いているところの下でな」

子墨は黙とうするように目を閉じる。


その横で、峰風は泰然の話を冷静に分析していた。

峰風にはなぜ紫陽花の色が変わったのか、その理由がわかっていた。

紫陽花は土壌の成分で色が変わる。同じ株でも、吸収した成分量の違いで色が異なることがあると書物を読んで知っていたのだ。

おそらくは、犬を近くに埋葬したことで土壌の成分が変化したことによるものではないかと仮説を立てた。

（しかし、ちょうどあの辺りの装飾花だけ、綺麗に色が変化するものなのか……）

子墨は話を聞く前から「泣いている」「偲んでいる」と発言をしていた。

峰風は、子墨の横顔をそっと見つめた。

『子墨には何か特別な能力が備わっている。それは——巫女だから』

子墨の舞い姿を見たときから、この考えが峰風の頭を離れない。

毒草の摘発、薔薇《そうび》の害虫駆除、押収した鉢植えが何色の花を咲かせるか、枇杷《びわ》の見分け、御前の難問への回答。

「その子も、それを望んでいます」「この子がそう言っていますので」「あの子たちのお薦めですから」――そして、今回の発言。

知識や経験だけでは、到底説明がつかないことばかり。

その正体が、あらゆる植物を掌《つかさど》る豊穣神の化身ならば、すんなり納得ができるのだ。

しかし、評議の際にお披露目された巫女は噂通り左手の甲に『麦の穂』の痣があり、『銀髪・紫目』の女性だった。

紫水晶のような瞳が美しく、峰風は目をそらすことができなかった。

たとえ髪色が変えられたとしても、瞳の色を変えることは不可能だ。

日の光の下で確認をした子墨の瞳は、やはり黒。紫ではない。

(君は何者で、一体何を感じ取っているんだ?)

子墨の横顔を見つめていた峰風は、再び紫陽花へ視線を戻す。

紫陽花が亡き老犬を想い、赤い花を捧げているように見えた。

◇◇◇

それから半月後、いつものように出仕した子墨の卓子《テーブル》の上に置かれていたのは、皿に載せられた可愛らしい小物だった。

よく見ると、花と犬の形をしている。

「峰風様、これはなんですか？」

「それは軟落甘《なんらくかん》（落雁《らくがん》）という干菓子で、淑妃と泰然殿下からの頂き物だ」

「こんな綺麗なお菓子を、初めて見ました」

「花は紫陽花、犬は洋を模してあるそうだ。わざわざ職人に型を作らせ成型した、特注品らしいぞ」

「手間がかかっているのですね。食べるのがもったいないですが、遠慮なく頂きます」

パクリと口に入れるとほろっと崩れ、上品な甘さが口いっぱいに広がる。

あまりの美味しさに、子墨はあっという間に二つとも食べてしまった。

「ごちそうさまでした！」

「あ～あ、子墨くんはもっと味わって食べないと、もったいないですよ。ちなみに、これ一つで幾らくらいすると思いますか？」

少々呆れ顔の秀英から問われ、子墨は真剣に考える。

菓子一つが、指先三本分くらいの小さな物であること。

きめ細かで口溶けのよい、上品な甘さの質の良い砂糖が使用されていること。

職人に型を作らせ、さらに色を付けて……)

(特注品だから、さらに色を付けて……)

「えっと、月餅二つ分くらいでしょうか?」

月餅と言っても、以前、梓宸殿下から頂いた高級なほうですよ! と付け加えた。

「アハハ!」

峰風が腹を抱えて笑っている。

少し高く言い過ぎたのだろうか。子墨は首をかしげる。

「東方国で特別な製法で作られている上質な砂糖を惜しげもなく使用した干菓子だからな、殿下の月餅でも五つ分はあるだろう。市井の物なら十五。いや、二十くらいは……」

「そんなにするんですか!!」

予想の、遥か彼方をいっていた。

秀英の言う通り、もっとじっくり味わって食べるべき超高級品だった。

「そうそう、あの紫陽花だが、撤去するのは撤回となったそうだ。そもそも、撤去ではなく場所を移動させるという話だったらしいが……」

部屋から紫陽花を眺めては洋を思い出し悲しむ息子を見兼ねた母が、目に付かない場所へ移動させようと考えたことだった。

「あと、貴重な紫陽花を株分けしてくださることに…って、俺の話はまったく聞こえていないようだな」

衝撃のあまり放心状態の子墨を、峰風は苦笑しながら眺めていた。

◆◆◆

先触れもなく、今度は第二皇子が峰風の執務室にやって来た。

「樹医殿と助手に、どうしても頼みたいことがある。私と工部に協力してもらえないだろうか？」

神妙な顔つきで峰風へ話を切り出した麗孝を、子墨は思わず二度見する。

これまでとは全く違うしおらしい態度に、どこか体の具合でも悪いのかと思ったのだ。

「……何だ、その顔は？」

「い、いいえ、何でもありません！」

すぐに以前の調子に戻った麗孝に安堵する。

何か裏があるのではないかとちょっと疑ったことは、許してほしい。

「梓宸殿下からは、麗孝殿下の意向に沿うようにと命を受けております。私と子墨も、ぜひ協力させていただきます」

「宮廷内で地に落ちた工部の信用を取り戻すために力を尽くせと、皇帝陛下より直々に任務を賜った。私が関係各所へ協力を依頼している。兄上にも、これまでの行いを謝罪したのだ」

麗孝は梓宸から「口先の言葉だけでなく、これから行動や態度で示せ」と言われたらしい。

先月の一件で、工部尚書だった雹華の父赦鶯は罷免された。雹華自身も宮に幽閉中。近々、父娘ともに宮廷を去るのではないかと噂されている。

母と祖父の後ろ盾がなくなった麗孝は、これから己の力だけで宮廷内での立ち位置を確立していかなければならないのだ。

「刑部からの依頼で、工部が竹林の捜索をすると聞いております」

「その通りだ。都中を荒らしまわっていた窃盗団が、先日召し捕られた。盗品の在り処《か》を白状したのだが、その場所が広大でな。それで、工部へ話が回ってきた」

人海戦術で探せば、いずれは見つかる。しかし、時間も人手も掛かりすぎる。

多少でも捜索範囲を狭められれば、効率も上がる。

麗孝は考えた末に、峰風と子墨に助力を請うことを決意したのだった。

「其方らは、兄上と御前様の覚えもめでたい。これまでのことを水に流してくれとは言わない。虫が良い話であるとわかっている。それでも、お願いしたいのだ」

頭を下げる麗孝は十六歳。凜月の二つ下だ。

梓宸は「アイツも、ある意味被害者ではある」と語っていた。

成人して、まだ一年。周囲の大人の影響を受けやすかったのは事実である。

今後、麗孝の宮廷内での立ち位置がどうなっていくかは、本人の心掛け次第だという。

子墨は、以前よりやや顔つきが変わった麗孝をそっと見つめた。


後日二人が連れてこられたのは、竹林に囲まれた小規模ながらも趣のある邸宅。きちんと手入れが行き届いている美しい竹林に、子墨は目を奪われた。

三人を待っていたのは、三十代半ばに見える男性二人と数人の男たち。

その内の一人に、子墨は見覚えがあった。評議の際に拉致未遂事件を説明した刑部侍郎だ。

他は、新しく任命された工部尚書と配下の者だという。

「麗孝殿下にこのような所までご足労いただき、申し訳ございません」

「今回は私が彼（子墨）の保証人となっているから、見届けるのは当然の義務だ」

麗孝に揖礼《ゆうれい》した工部尚書は、峰風と子墨へ顔を向ける。

「私は、この度工部尚書を拝命した王燗流《ワンカンルー》という。協力に感謝する」

燗流は、工部侍郎からの繰り上がりで尚書に抜擢された。

盗品を早期に発見し、ぜひとも信頼回復につなげたいと意気込みを語る若い工部尚書の肩を、刑部侍郎がポンと叩く。

峰風と梓宸のような関係が垣間見えた。

「こちらは、盗賊の首領の隠れ家です。手下は『首領がこの竹林の中に埋めた』と供述したのですが、奴が口を割りません。それで、工部に捜索を依頼しました」

「其方が、工部の汚名を返上し名誉挽回できる機会を与えてくれたのであろう？　私からも、礼を言わせてもらう」

「麗孝殿下、どうか頭を上げてください！」

第二皇子から頭を下げられ、刑部侍郎が恐縮している。

皆が一丸となって、この機会を活かそうと必死になっていた。

「樹医殿と助手に見てもらいたいのは、竹林の異変だ。『竹の生え方が不自然』『色が変色している』など、どんな些細なことでもいい。気付いたことがあったら、報告してくれ」

そこを工部の者に掘らせるのが、麗孝の考えた作戦とのこと。

周囲に広がる竹林は広く、ただ闇雲に掘っても見つかる可能性はまずない。

確実に、その場所を探し当てなければならない
大人数に掘り起こされ、美しい竹林が見るも無残な姿になることは子墨も望んでいない。

桑園で工部の者に狙われたが、ここに居る彼らは無関係。とばっちりを受け、尻拭いをさせられているだけ。

子墨としては思うところは何もない。喜んで協力させてもらうだけだ。

ただ、地中に埋められているものを探し当てることなどできるのか、不安があった。


まずは現地を確認しようと、峰風と竹林を歩いてみることにした。

竹林の中は暑い季節でも涼しい風が吹き抜け、とても快適だ。

「これだけ綺麗に手入れがされていたら、さぞかし立派な筍が収穫できるだろうな」

「筍は、どのように生えるのですか？」

「竹は地中に地下茎《ちかけい》という根を横に伸ばしていて、そこから生えてくる。放置すると竹に成長してしまうから、収穫することで林を管理しているのだ」

峰風が、わかりやすく説明をしてくれる。

「なるほど……ということは、根はそこまで深くないのですね。では、根っこがどの

方向に伸びているかは、わかるのですか？」

「竹の根本近くを掘ってみれば、大体はわかるはずだ」

ふむふむと納得したように頷いた子墨は、峰風へ顔を向けた。

「もしかしたら、盗品が埋められた場所がわかるかもしれません」

「樹医殿、埋めた場所がわかったというのは本当なのか？」

隠れ家で待機していた麗孝が、勢いよく立ち上がる。

「大体の見当をつけましたので、その周囲を掘り返していただこうかと思っております」

「よし、わかった。燗流、穴掘り道具の準備はできているな？　すぐに向かうぞ！」

場所を案内する二人を先頭に、麗孝と護衛官、工部尚書と刑部侍郎、道具を持った配下が続く。

たどり着いたのは隠れ家にほど近い、一本の竹が生えている場所だった。

「この竹の根本を掘り、伸びた地下茎《ちかけい》の周辺を辿っていけば見つかるはずです。ただし、根を傷付けないように慎重にお願いします」

子墨の説明で、配下たちの作業が始まった。後ろで、麗孝らが固唾を呑んで見守る。

しばらく掘っていると、カチン！　と金属音が響き渡った。

「おい、何かに当たったぞ！」

「こんなところに隠していたのか!!」

配下の声に、見守っていた三人も穴へ駆け寄る。

慎重に土を取り除いて出てきたのは、大人の男性がようやく抱えることができるくらいの大きな黒塗りの箱だった。

「は、早く中を開けてくれ！」

「尚書、そんなに急かさないでくださいよ……」

苦笑しながら配下二人が箱を引き上げ蓋を開ける。

中に入っていたのは美術品だった。異国の物と思われる華やかな花瓶が一点と、色彩豊かな絵皿が三枚。

綺麗な布で厳重に包まれていた。

「麗孝殿下、被害届が出ていた物と一致します。紛れもなく、盗まれた物です」

「発見できて何よりだった。破損させぬよう、注意して持ち帰ってくれ」

「かしこまりました」

麗孝の顔に安堵の表情が浮かぶ。刑部侍郎も同様だった。

「燗流、盗品が見つかって良かったな！」

「しかし、金が見つかっていないぞ。あちらの方が、被害額が大きいのだろう？」

晴れやかな笑顔を見せた刑部侍郎とは対照的に、工部尚書の顔は冴えない。悔しさがにじみ出ている。

「おそらく、金は使ってしまったのだろう。美術品は、簡単には売りさばけないからな」

「それは、そうだが……」

刑部侍郎は、峰風と子墨へ顔を向ける。

「あなた方のおかげで、盗品を発見することができた。刑部を代表して礼を申し上げたい」

「礼を申し上げなければならないのは、工部のほうだ。助手殿へ大変なことを仕出かした我々のために、ありがとうございました」

「こちらも、麗孝殿下の顔を立てることができ、ホッとしております」

峰風がそう応えると三人の間に、自然と笑顔が浮かぶ。

「あの……ちょっと、よろしいでしょうか？」

にこやかに談笑する三人へ遠慮がちに声をかけたのは、子墨だった。

会話に割り込むのは気が引けたが、これだけは言わなくてはならない。

「まだ、捜索は終わってはおりません。もう少し掘り進めていただけると……」

「「「なに⁉」」」

穴とそれを指さす子墨を、全員が交互に見ていた。

帰りの馬車の中は、ホッとした空気に包まれていた。

行きは麗孝と同じ馬車に乗せられた二人だったが、帰りは別の馬車を用意された。

麗孝は、これから行われる刑部の現場検証にも立ち会うのだという。

やって来た刑部の者たちと入れ違いに、先に帰宅を許された。

「其方らには大変世話になった。この礼は、後日必ずさせてもらう」

辞去の挨拶をした二人に向けられた麗孝の表情からは、感謝の気持ちが溢れていた。

「まさか、穴の下からあんなにたくさん箱が出てくると思いませんでした」

子墨は竹林を歩いているときに、重しを背負ったような圧を感じた。

根を圧迫されている竹の気持ちだと気付き、峰風へ質問。さらに該当の竹を特定した。

そして、地下茎《ちかけい》に沿って掘り返すように依頼したのだ。

ところが、黒い箱を取り出しても圧は消えず、まだ別の物が埋まっていると気付いた。

大きな黒い箱が出てきた穴をさらに掘り進めたところ、別の箱が出てきたというわけだ。

両手のひらほどの大きさの箱で、最初に出てきた黒塗りの箱とは違い、色は地味で目立たず小さい。

しかし、かなりの重量があった。それが五つも。

中身はもちろん、盗まれた金の一部だった。

五つ目を掘り出して、ようやく圧はなくなった。

抱き合って泣いて喜ぶ男二人の友情につられ思わず目頭が熱くなったのは、おまけの話。

「首領が考え出したのだろうな。たとえば、裏切り者がこっそり掘り出しても美術品に気をとられる。さらに、中身だけを取り出し箱をそのままにする偽装工作をしたら、その下に隠されている物は絶対に見つからない」

「なるほど、頭が良いですね！」

「その頭の良さを、もっと別のことに発揮すれば良いのにな」

「ハハハ……」

子墨が窓の外に目を向けると、馬に跨《また》がった護衛官たちの姿が見える。

二人を乗せた馬車の周囲は、麗孝の命により厳重に守られていた。

季節は『暖かい』から『暑い』に変わった。日が暮れるには、まだまだ時間がある。

せっかく外に出てきたのだから、少しだけでもどこかに寄り道ができればいいのに。

子墨はちょっぴりそんなことを思ってしまった。

「子墨に、一つ訊きたいことがある」

「何でしょうか？」

「皆がわからないことを、どうして君だけがわかるんだ？」

（⁉）

峰風は、これまでずっと疑問に思っていたことを初めて口にした。

「『わかる』とは、何をでしょうか？」

子墨は両手を固く握りしめる。

声が震えないように、動揺を気付かれないように、必死に心を落ち着かせる。

「竹林のどの辺りに物が埋まっているのか、あれほど具体的にわかったのはなぜだ？　その理由が知りたい」

まっすぐに自分を見つめる峰風の視線から、目を逸らすことができない。

「俺は竹をじっくり観察してみたが、他との違いは確認できなかった。地面の様子もだ。結論として、君には何か特別な能力が備わっているとしか考えられないのだが」

「…………」

峰風の前ではいろいろとやってきたから、他人とは何かが違うと認識されたのだろう。

　これまで、欣怡と子墨が同一人物だと気付かれないよう注意を払ってきたが、こちらに関してはあまり自重していなかった自覚もある。

　峰風の力になりたいと思ったことが一番の理由。必要とされることが、とにかく嬉しかった。

（もう、ごまかせない……）

　子墨は覚悟を決めた。

「……僕は、植物の状態が感覚的にわかるのです。具体的に感情が理解できるときもあります」

　埋蔵された盗品で根が圧迫されている竹の気持ちを感じ取り場所を特定したとの話を、峰風は黙って聞いていた。

　話し終えた後、二人の間に沈黙が降りる。子墨にとっては、永遠とも思える時間だった。

「そんなことができるのか。すごいな……」

　先に口を開いたのは峰風だった。

「気味が悪いと、思いますよね？」

「気味が悪いなんて、ちっとも思わないぞ。反対に、羨ましいと思ったくらいだ。樹医としては、喉から手が出るほど欲しい能力だからな」

あっけらかんと峰風は言った。そこに、異様な者を見る視線は感じられない。

「羨ましい？　その……普通ではないのですよ？」

「たしかに、そういう感情を持つ者もいるかもしれない。人は、自分に理解できないことを恐れるものだからな。でも、俺は子墨の人となりを知っている。だから、怖くもなんともない」

「………」

凛月がこの能力をずっと秘匿してきたのは、周囲から忌避の念を抱かれるのを恐れたためだった。

正直に話をしたら、峰風から気味悪がられ距離を置かれる。もしかしたら、助手を辞めさせられるかもしれない。

怖かった。怖くてたまらなかった。

でも、峰風は違った。他人とは違う子墨を、あっさり受け入れてくれた。

こらえきれず、涙が溢れてくる。

「そんな風に言ってもらえるとは……思ってもいま…せん…でした」

告げたい。

本当は女であること。巫女であることを。

峰風ならば、見目が変わる凛月を異質な者とは見ない。

瑾萱や浩然のように、普通に接してくれるだろう。

でも……

巫女として受け入れられても、助手として受け入れられるとは限らない。

女であることを隠して、俺をずっと騙してきたのか？　と非難されたら……

他の官女たちと同じように、素っ気ない対応に変わったら……

「ハハハ、子墨は最近泣いてばかりだな」

「僕が泣くのは、峰風様の前だけです」

「その言い方だと、俺が泣かしているみたいに聞こえるぞ」

「ある意味、峰風様に泣かされていると言っても過言ではありません」

――何気ない日常のやりとり。

――他愛ない会話。

「では、困ったな。今日は手元に菓子がないぞ」

「お菓子、ですか？」

「子墨の元気がないときは、菓子を食べさせるのが一番だからな」

「僕は、子供ではありません！」

――この、かけがえのない時間を失いたくない。

――助手として、これからも彼の傍に居たい。

「明日、家から何か旨い菓子を持って来てやるからな。今日は我慢しろ」

「楽しみにしています！」

「ほら、もう元気になった」

「アハハ……」

――だから、凛月は今日も口を噤《つぐ》む。

◆◆◆

「こちらは『夫婦楠《めおとくす》』と申しまして、昔から御神木として祀られております」

子墨は、説明をしている峰風を眺めていた。

「この内の一本が先月の初め落雷被害に遭い、現在このような姿になっております」

先月の始めとは、子墨が拉致されかけた日のこと。

都近郊でも雨や雷がひどかったが、こちらでは落雷の被害があったようだ。

子墨は一度御神木へ顔を向けたあと、すぐに視線を峰風へ戻す。

先ほどから、気になる事があった。

（峰風様の様子が、いつもと違う？）

普段より声が高く、やや早口。顔も紅潮しているように見える。

（この人の前だと、そんなに緊張するものなのかな……）

視線を、峰風から説明相手へ向ける。

こうして見ると、結構小柄だ。後ろに立つ従者兼護衛の背が高いため、余計にそう思える。

御付きの侍女は、これまで様々な妃嬪《ひひん》たちに仕えてきただけあり、微動だにしない。

つい、辺りをきょろきょろしてしまう子墨とは出来が違う。

「――以上となりますが、何かご不明な点はございますでしょうか？」

「いいえ、ございません。樹医殿、大変わかりやすい説明をありがとう存じます」

面紗《ベール》を被り、自分と同じ体型に声。

しかし、本物より威厳に満ちた主である豊穣の巫女の後ろに、子墨は従者の顔で控えていた。


それは、半月前のこと。

いつものように子墨として出仕する準備をしていた凛月のもとに、戸部から『本日の午後、面会をしたい』との申し入れが届いた。

急遽助手の仕事を休み、午後からの面会に備える。

巫女の容姿ではないため、面紗《ベール》を被り対応することになった。

欣怡の宮を訪れたのは、一人の若い部下を伴った戸部尚書だった。

「『御神木』ですか？」

「とある地方の森にございまして、倒木の危険があり止む無く伐採することになりました。ですが、作業中に次々と原因不明の事象が起こりまして……」

「それが、『祟《たた》り』だと？」

「作業員たちが怯えてしまい、作業が止まっているとの報告を受けております。それで、巫女様にお祓《はら》いをしていただけないかと、こちらに陳情書が届いた次第です」

地方行政を担う戸部には、地方から様々な要望が集まる。

国が豊穣の巫女を迎えたという高官たちの発言から地方へ広まり、今回の陳情に繋がったようだ。

差出人が地元の豪族であること。内容が内容なだけに断ることもできず、初めて巫女として宮殿の外に出ることが決まる。

凛月は奉納舞は舞えるが、お祓いなどはしたことがない。

しかし、あらゆる植物を掌《つかさど》る豊穣神の化身である巫女ならば、どうにかしてもらえるのではないかと期待されているらしい。

戸部尚書からも、それらしい雰囲気を感じた。

御神木のある場所が地方であるため、日帰りではなく宿泊を伴うものになること。

当日は万全の警備体制を敷くことなどが、戸部尚書から交代した若い部下より説明された。

公務とはいえ、旅へ出かけるようなわくわくした楽しい気分。でも、凜月は一つだけ気になることがあった。

「わたくしの従者として、子墨も同行させるのですか？」

「あの件で、巫女様が懸念されるのは当然のことでございます。ですが、梓宸殿下、麗孝殿下のご推薦で今回案内人を峰風が…失礼いたしました。樹医殿が務めることが決まり、助手殿も――」

「あなたは、樹医殿とは親しいのですか？」

峰風よりやや年上に見える彼が慣れた様子で呼び捨てしたことに、凜月は敏感に反応してしまった。

「峰風は、私の弟でございます」

「弟……では、あなたは宰相様のご長男様ですか？　それとも、次――」

「……欣怡様。畏れ入りますが、まだ説明の途中でございますよ」

瑾萱から、話の腰を折るなとやんわり注意されてしまった。

峰風の兄弟と知り、ついつい食いついてしまったと深く反省。

「私は、長兄の胡博文《ボーウェン》と申します。愚弟が、大変お世話になっております」

やや苦笑いの博文から、挨拶を受けた。

このような場で峰風の兄と出会うとは、世間（宮廷）も狭いものである。

戸部尚書に同行してきたのだから、博文も優秀な人物のようだ。

母親の春燕に似ている峰風とは違い、長男は父親の宰相によく似ている。

凛月のせいで中断したが、最後まできっちり説明を終えた博文は戸部尚書と帰っていった。

「困った。どうすればいいんだろう……」

子墨が同行することが決まってしまったが、残念ながら凛月の体は一つしかない。

本当は、子墨は宮で留守番をさせるつもりだった。

「ご安心ください。欣怡様の代役を立てることになっておりますので」

凛月の不安を、浩然が解消してくれる。

もともと、警備の面からも道中はその予定だったと言われた。

峰風は、樹医として何度か現地へ足を運んでいることもあり、案内人として申し分ない人選。

その助手として、子墨は峰風と同じ馬車に乗るとのこと。

「代役は、終始面紗《ベール》で顔を隠します」

「でも、向こうでは一度くらいは顔を見せないといけないのよね？」

「はい。お手数をおかけしますが、儀式を行う日だけ巫女様のお姿になっていただきます」

「わかりました」

一日目は移動と現地の下見。二日目は事前準備。そして、三日目にお祓いをして御神木の伐採。四日目の午前に帰路につく日程だ。

お祓いをする前日にこっそり奉納舞を舞って、容姿を変えて、また元に戻る必要がある。

いろいろと忙しなく、御神木の件も実際に見てからでないと何ともいえない。

それでも、旅気分は味わえる。

普段は宮で留守を預かる瑾萱も今回は侍女として随行することが決まり、どことなく嬉しそうだ。

「ともかく、私は正体が知られないように気を付けるわ」

楽しみ半分不安半分で、凛月は当日を迎えた。

御神木のある地域までは、馬車で三時《六時間》ほどかかる。

早朝に出発し、途中で休憩を挟みながら現地に着くのはお昼過ぎとのこと。

その行きの馬車の中は、とても賑やかだった。

「——俺が敵をなぎ倒してやったおかげで上官は無事だったんだ。それなのによ、あの阿呆《あほう》ときたら……」

「……兄上、少々口が過ぎます」

「ハッハッハ！　相変わらず、おまえは真面目な奴だなあ」

向かい側からコンコンと峰風の足を気安く蹴っているのは、ガタイの良い若い武官。胡家の次男で、兵部に所属している雲嵐《ユンラン》だ。

三男の峰風とは顔立ちは似ていても性格はまるで違う。

同じ馬車に乗せられている子墨は、終始勢いに呑まれていた。

「大丈夫だ。おまえとコイツ以外、誰も聞いていない」

「彼は『コイツ』ではなく、子墨です。子墨は欣怡様の従者ですから、口を慎まれたほうがよろしいかと思いますが？」

「あっ、そうだったな！　子墨、巫女様にはぜひ内密にしてくれよ！」

「か、かしこまりました（ごめんなさい。もう、遅いです）」

「ところで、おまえがずっと膝の上に載せているその緑の物体は何だ？」

「これは仙人掌《サボテン》という植物で、名を『翠』と言います。この子が『置いていかれるのはイヤだ！』と言いますので、一緒に連れて——」

子墨の説明中に、翠にじりじりと迫る雲嵐の太い人差し指。

これでツンツンされてしまったら、棘どころか本体まで折れてしまう。身を挺して仙人掌《サボテン》を守ろうと必死になる子墨と、面白がってさらに身を乗り出してくる雲嵐。

二人の戦いに終止符を打ったのは、言わずもがな峰風だ。

「兄上、その仙人掌《サボテン》は子墨が御前様から直々に賜ったものですよ」

「なんだと！　それを早く言え‼」

雲嵐はサッと手を引っ込める。峰風の言葉は効果てきめんだった。

兵部に属する雲嵐が同じ馬車に乗っている理由は、博文の説明にあった『万全の警備体制』を敷いているため。

国で唯一の巫女を守るため、今回は刑部だけでなく兵部も動員されていた。

馬車の周囲を、武官たちが物々しく警戒している。

雲嵐いわく、わざと周囲へ見せつけるように武威を示し、敵の戦意を喪失させるとか云々……とにかく、ここまでしてもらって大変有り難いと、子墨は心の中で皆に感謝していた。

「あ〜あ、本当はおまえたちではなく、巫女様と同じ馬車に乗りたかったな。そのために、熾烈《しれつ》な選抜試験を勝ち抜いてきたのによ……」

「選抜試験、ですか？」

「希望者が多すぎて、兵部尚書が『己の実力を示せ！』と言い出したってわけさ。今回の護衛官に選ばれれば、巫女様と懇意になれるかもしれないからな」

「……なぜ、兄上は欣怡様と『懇意』になりたいのですか？」

峰風の声が一段低くなった。

「そんなの、婿になりたいからに決まっているだろう！」

「!?」

「婿？」

黙って二人の話を聞いていた子墨だったが、思わず声が出てしまった。

「おまえたちは知らないのか？　巫女様が端午節《たんごせつ》で披露された舞。先月の評議の際の一喝で、心を奪われた高官が大勢いる。それに、あの見目麗しいお姿だ。我こそはと、猛者が続々と婿候補に名乗りを上げているのさ。もちろん、俺もな！」

「……子墨は、知っていたか？」

「いいえ、僕もいま初めて知りました」

どこからそんな話が出ているのか。当の本人なのに、聞いたこともない。

剣舞は妃嬪《ひひん》の職務に関係しているため、命じられたから舞っただけ。

怒りに任せて高官たちへも文句を言ってしまったときは、やってしまったと宮へ戻ってから深く反省した。

それなのに、心を奪われた？　見目麗しい？

まったく理解できない。

「まあ、おまえには関係のない話だからな」

雲嵐は、峰風を見ながらニヤリと意味深に笑う。

「先日、久しぶりに家に顔を出したら、母上が『ぜひとも、峰風を選んでもらうわ！』と張り切っていたぞ」

「何の話ですか？」

「商家の娘と見合いをしたんだろう？　母上はその娘を大層気に入ったようで、使用人たちも『大変、仲睦まじいご様子でした』と言っていたな」

「兄上、それは違います！　あれは事情――」

「照れなくてもいい。おまえがようやく身を固める気になってくれて、俺も嬉しいぞ！」

兄はわざわざ席を移動し、困惑している弟の肩をバシバシ叩いている。

雲嵐は体が大きいため、間に割り込まれた子墨は押しつぶされそうだ。

それでも、翠だけは必死に守る。

「その娘は『峰風の人柄は大変好ましい。でも、先のことはまだわかりません』と言ったそうじゃないか。胡家の子息相手に、なかなか度胸がある。俺は嫌いじゃないぞ」

「ですから、それも――」

（⁉）

「そ、そんなことは言っていません！　『選ばれたら嬉しい』という意味で言いました‼」

子墨は堪らず叫んだ。これぱかりは、黙っていられない。

まさか、そんな風に受け取られていたとは思ってもいなかった。完全な暴言・失言だ。

子墨は泣きたくなった。

「おいおい、急にどうした？」

雲嵐は目を丸くしている。

選ぶ言葉を間違えて、とても失礼な発言をしてしまった。

今からでも、穴があったら入りたい。

「峰風様、大変申し訳ありませんでした！」

「子墨、少し落ち着け。俺はわかっているから、そんな顔をするな。ほら、菓子を食べるか？」

峰風が手荷物から取り出したのは、月餅だった。

「母上からの差し入れだ。我が家のは、胡桃や松の実など木の実が入ったものだが、旨いぞ」

「あっ、俺にも寄こせ！」

「これは、私と子墨のものです。残念ですが、兄上の分はありません」

弟の手は兄を素通りし、子墨へ紙に包まれた月餅を渡す。この素っ気なさは、官女らに対する姿勢と似ている。

「ありがとうございます」と受け取った子墨だが、雲嵐の前では非常に食べづらい。

「そんな、冷たいことを言うなよ。俺は、おまえの機嫌を損ねるようなことを何かしたか？」

「そう言われれば、確かにそうですね。では、兄上にも――」

「よっしゃ！　旨い月餅を食って、気合を入れて、必ず巫女様に俺の名を覚えてもらうぞー!!」

「…………」

「どうした？　早く俺にもくれ。大声を出したら、腹が減った」

「……やはり、兄上に差し上げるのは止めておきます」

「な、なんでだよ!!」

「特に、理由はありません」

そう言うと、峰風はおもむろに月餅を食べ始めた。

隣で雲嵐が騒いでいるが、素知らぬ顔だ。

「子墨、兄上のことは気にせずに食べろ。まだまだ、たくさんあるぞ」

峰風は、二つ目を子墨へ手渡す。

その手に注がれる、横からの視線。

いつまでも口を付けられない二つの月餅を前にして、絶対に無理です!!　と心の中で叫んだ子墨だった。


御神木の状態を確認し、峰風からの説明を受けた欣怡（代役）は、宿泊先である豪族の別邸へ向かった。

今日の巫女の公務はこれで終わり。護衛は、大半が欣怡に付き従っている。

子墨（本物の巫女）は、峰風と一緒にまだ現地に残っていた。

落雷の被害に遭ったのは、地元では『夫婦楠《めおとくす》』として親しまれている楠の一本。

隣り合って並ぶ樹齢数百年とも言われる立派な楠は、落雷で幹が折れ裂けた状態。

見るも無残な姿となっていた。

二本を繋いでいた注連縄《しめなわ》も、焼け焦げている。

「君はどう思う？　祟りなど、本当にあるのだろうか」

倒木の危険があるため御神木の周囲は柵が広く設けられ、立ち入り禁止となっている。

峰風と子墨は特別な許可をもらい、柵の内側に入っていた。

護衛官と地元の担当者は、柵の外側で待機している。

担当者は「御神木には近づかないほうがいい」と繰り返し口にしていた。

「現象は本当に起きているようですが、祟りではありません。時間稼ぎをしていたようです……と欣怡様が仰っておられました」

子墨は、変わり果てた姿になった楠をそっと撫でる。

悲痛に満ちた表情を浮かべる子墨を、峰風は眺めていた。

「時間稼ぎをしていた?」

「この地に巫女様を呼ぶため、だったようです。ただ、早くしないと間に合わないかもしれません」

「『間に合わない』とは、何にだ?」

「峰風様、至急お願いしたいことが二つあります」

子墨は峰風の質問には答えず、真剣な表情を向ける。

柵の内側に入ってから、子墨はぶつぶつとひとりごとを呟いていた。

きっと何かを感じ取ったのだろうと、峰風は理解している。

「まず一つ目。こちらの伐採予定の木に、栄養剤を与えてください。二つ目。この木の『挿《さ》し木』の手配をお願いいたします。理由は、後で欣怡様から説明があるかと」

『挿《さ》し木』とは、木の枝を採取しその木の株を増やす方法のこと。

「わかった」

子墨の能力を認めている峰風に、迷いや疑いはない。

すぐに手持ちの道具を取り出し、栄養剤の散布を終えた。

「挿《さ》し木のほうだが、これは私の専門外だから地元の業者に任せる。ただ……」

「何でしょう？」

「挿《さ》し木を行うには、今は良くないのだ。文献には、暑い時季は避けろと書かれていた」

「それでも、やるしかありません」

「あと、懸念がもう一つ。挿《さ》し木にできる枝が、この木に残っているかどうかだが……」

峰風は楠を見上げる。

葉をつけた枝は存在していないように見える。

「枝は……明日になればわかる、と欣怡様が。上手くいくと良いのですが」

子墨も楠を見上げた。

二人から説明を聞いた担当者は、わかりやすく顔色を変えた。

「これまで、複数の業者が何度か伐採を試みておりますが、その度に道具が壊れたり、作業員がケガをしたりと、幹に傷一つ付けることができませんでした。皆が祟りだと怯えておりますので、挿《さ》し木作業を請負う者が居るかどうか……」

「明日、欣怡様がお祓いをされます。そうすれば、伐採は可能となりますので」

子墨は担当者へ断言した。

「予定では、お祓いは明後日と聞いておりましたが？」

「この者は、巫女様に近しい従者だ。子墨、現状をご覧になった巫女様も、同じようにお考えなのだろう？」

「はい。なるべく早い方が良いと仰っていましたし、僕もそう思います」

「そういうわけなので、申し訳ないが予定の変更をお願いしたい」

「かしこまりました。すぐに手配いたします」

こうして、お祓いの儀式と伐採が前倒しで行われることが急遽決まった。

翌日、凛月は欣怡として御神木の前に立った。昨晩こっそり奉納舞を舞って、姿は変えてある。

朝から日差しが強く、欣怡は丈の長い面紗《ベール》の付いた笠を被っているため姿は見えない。

傍らには浩然が付き添っているだけで、代役の子墨と瑾萱は少し離れた場所で待機している。

二人とも、今日は目深に笠を被っていた。

他の者は、柵の外から遠巻きに儀式を見学することになっている。

◇◇◇

峰風は、柵の最前列で儀式が始まるのを待っていた。隣には、兄の雲嵐もいる。

「なあ、巫女様は今日もお顔を見せないのか？」

周囲を気にしながら、雲嵐は峰風へ囁く。

昨日は別邸に戻ったあとも、欣怡は一度も面紗《ベール》を外すことはなかった。

「そんなことは、私にもわかりません。それより、大事な職務はよろしいのですか？」

「心配無用だ。この通り、周囲に馴染みながら警戒している」

いつもの武官の姿ではなく、雲嵐は農夫のような恰好をしていた。

「おまえは、いいよな。昨日、巫女様と言葉を交わせたんだからな。やっぱり、ただの一武官ではどうしようもない」

雲嵐は、大きなため息を吐いた。

「あれは、言葉を交わしたとは言わないのでは？」

「『樹医殿』って呼ばれていただろう？　名は無理でも、せめて俺も『武官殿』って言われたいぜ」

「……兄上は、本気なのですか？」

「ん？」

「ですから、欣――」

「おい、始まるみたいだぞ！」

浩然が欣怡の笠に手をかけ、ゆっくりと外す。

面紗《ベール》の下から現れた、銀髪が光り輝く美しい巫女に、周囲から歓声が上がった。

欣怡は御神木へ揖礼《ゆうれい》すると、扇を取り出し広げる。

一言も言葉は発せず、舞を舞い始めた。

身に纏っているのは祭祀のときと同じ、華霞国の伝統的な衣装だ。

端午節《たんごせつ》のときには剣のように一閃していた扇が、今日はまるで蝶のように欣怡の周りをひらひらと飛び回る。

時に優雅に、時に楽しげに。体の動きに合わせ、欣怡の表情はくるくると変わる。

（こんな表情豊かに舞っているのか……）

これまでは面紗《ベール》で顔が隠れていたため、表情を見ることはできなかった。

峰風の視線は欣怡を捉えたまま、一瞬たりとも離れることはない。

だからこそ気付いた。紫水晶のような瞳が、ずっと何かを追っていることに。

欣怡は扇を閉じると、再び揖礼《ゆうれい》した。

「儀式は終了いたしました。すぐに、挿《さ》し木と伐採の作業に移ってください」

浩然の声を聞き、作業員たちが柵の中へ入ってきた。峰風も入っていく。

「樹医様、本当に本当に本当に……大丈夫なんすよね？」

責任者も含め、作業員たちは皆一様に怯えていた。

「これまで、御神木に傷一つ付けられなかったんですよ！」

「それなのに、どうやって枝を取り、木を切り倒すって言うんですかい？」

詰め寄られた峰風は「巫女様がお祓いをしてくださったから、大丈夫だ。問題ない」と繰り返すが、なかなか作業は始まらない。

観衆にも、次第に不安が広がっていく。

「……では、最初にわたくしが枝を取りましょう。そうすれば、皆さまも安心でしょうから」

口を開いたのは、欣怡だった。

「どなたか、道具を貸していただけますか？　あと、どのように枝を切ればよいのでしょう？」

意外にもやる気満々の巫女に、皆が驚いている。

「欣怡様、恐れ入りますがお手をケガされますと、後々問題が……」

浩然が、すかさず止めに入る。

欣怡も「あっ……」と言ったまま、言葉を失った。

「欣怡様、私がやります」

峰風が前に出た。

作業員たちは怯えている。

巫女にやらせるわけにはいかない。万が一怪我でもされたら、それこそ一大事。

つまり、樹医である自分しかいない。

峰風とて、まったく不安がないと言えば嘘になる。

しかし、子墨は祟りではないと言い切った。欣怡はお祓いをした。

ならば、それを信じるのみ。

峰風は、作業員から道具を借りる。

梯子を持ってきた作業員に「必要ありません」と欣怡は言う。彼女が指し示したのは、手の届く高さに生えている昨日はなかったはずの枝だった。

周囲が固唾をのんで見守る中、峰風は刃物を当てる。

「では、切ります」

躊躇なく、枝を一気に切断した。

「あとの作業は任せたぞ」

枝を作業員へ渡し、ホッと息を吐く。

欣怡が、責任者へ何かを伝えている姿が見えた。


夕刻、峰風は別邸の庭園にいた。

あの後、作業は無事に終わった。それに伴い一日早くこの地を発つことが決まり、豪族の長が巫女への感謝の宴会を開いている。

その席を、峰風は途中で抜け出してきたのだった。

欣怡は宴席では再び面紗《ベール》を被っていたが、儀式を見届けていた者たちにはすでに面が割れている。

豪族の親類縁者が勢ぞろいするなか、特に若い男たちが巫女を取り囲み歓心を買おうと奮闘している。それを牽制するかのように、雲嵐ら護衛官たちが睨みをきかせる。

会場内は異様な雰囲気となっていた。

宰相の子息である峰風には、女たちが次々と酌をしに来る。

それを、角が立たないよう断るのもひと苦労。ひどく気疲れした。

庭園で気を休めているときに、ふと思い立つ。

この時季は、夕刻でも外はまだ明るい。

気分転換に、屋敷の外へ散歩に出ることにした。

せっかく地方に来たのだから、これまでは時間が取れずできなかったこの地域の植生を観察するつもりだ。


門の辺りが、やけに騒々しい。

「申し訳ありませんが、ここをお通しすることはできません」

「我々は巫女様の所用で、外へ出る必要があるのだ」

「ですから、その主様が一緒でなければお通しできないのです」

峰風は、何事かと目を向ける。

門番たちと話をしているのは、馬車から顔を出した浩然だった。

「浩然、どうしたんだ？」

「峰風様……」

「こちらは、峰風様のお知り合いの方でしょうか？」

顔見知りの門番が、渡りに船とばかりに声をかけてきた。

「実は、宦官殿が外出されると仰っておりまして、困っていたところです」

門番によると、主に同行していない宦官を外に出すことはできない。

そもそも、後宮にいる宦官が屋敷に滞在すること自体が初めてで、対応に苦慮しているとのこと。

「浩然は官吏であるから、外出に問題はないぞ」

「いえ、こちらの方ではなく、もう一人の方でして」

「もう一人？」

窓から覗くと、笠を深く被った小柄な人物が座っている。子墨だった。

「子墨、こんな時間からどこへ行くんだ？」

「欣怡様の所用で、出かけるところでございます」

子墨ではなく、浩然が答える。

主の欣怡は宴席におり、同行することは不可能なこと。

明日、都へ戻るため、今しか時間がないと浩然は訴えるが、門番たちの返答は変わらない。

「だったら、私が同行しよう。あちらの者は、私の助手でもあるからな」

「峰風様がご一緒であれば、私共としても問題はございません」

主の代わりに高官の峰風が責任を持つことで、あっさりと許可が下りた。

「のんびりしていたら、日が暮れてしまう。浩然、早く馬車に乗せてくれ」

「ですが……」

なぜか、浩然が渋っている。表情も硬い。

と、その時、子墨が無言で浩然の袖をくいっと引っ張る。

大きく頷く子墨を見て、浩然はようやく扉を開けた。

馬車がゆっくりと動き出す。

「それで、欣怡様の所用とのことだが、どこへ向かっているんだ？」

隣に座る子墨へ顔を向けるが、返事がない。

「子墨？」

「峰風様、私からご説明――」

口を開いた浩然を制止し、子墨は被っていた笠を脱ぐ。

はらりと垂れた髪の色は、黒ではなく銀髪。

峰風の視界に、紫水晶が映る。

「もう一度、御神木のところへ参ります。樹医殿」

官服姿の欣怡が、にこやかに微笑んでいた。

◇◇◇

子墨が御神木から感じ取ったのは、悲しみと懇願の感情だった。
峰風から夫婦楠《めおとくす》と聞き、番《つが》いが伐採される前に命を繋いでほしいと願っているのだと気付く。
さらに、柵の内側へ入ると、今度はあの声が聞こえてきた。
《ミコサマ……キタキタ》
《マッテタ》
《タスケテ……ハヤク！　ハヤク！》
「もしかして……私を呼ぶために、あなた達が悪さをしていたの？」
《ゴメンナサイ》
《デモ……スコシダケ》
《ダッテ……クスノキ……ガ》
「うん。わかっているよ」
楠を守るために、あの子たちも力を貸していたのだった。
木の増やし方は、紫陽花の一件で学んでいた。
子墨はさっそく行動を開始する。
峰風へ詳しい説明は省き、作業の手配と儀式の前倒しをお願いした。

そして迎えた今日。

祟りではないためお祓いをする必要はなかったが、怯える皆を安心させるために舞を披露することにした。

扇を持ち即興で舞っていると、凛月の周囲に小さな丸い光がふわふわと飛び始める。

楽しそうな笑い声も聞こえる。

神聖なる木に宿るといわれる木霊。それが、あの子たちの正体だった。

丸い光は、巫女姿の凛月にしか見えていない。

目で追いながら、一緒に楽しく舞った。

作業の責任者へ伝えたのは、切り株の高さをやや残して伐採してもらうことだった。

そうすれば、二本の木を繋ぐ注連縄《しめなわ》をまたかけることができる。

それが、残された御神木の望みだったから。

《ミコサマ……マタ……マッテ！》

《ミタイ……ミタイ》

舞ってくれなければ、また悪さをしてしまうかも…などと言われたら、舞わないわけにはいかない。

別邸へ戻り、代役と入れ替わる。

宴の最中に抜け出し、御神木のもとへ向かうつもりだった。

まさか、子墨では外出を許可されないとは思ってもいなかった。

「欣怡様……」

峰風が絶句している。

宴の主役が宦官の恰好で抜け出すなど、誰も思わない。

「驚かせてしまい、申し訳ございません。少々事情がございまして、止む無くこのようなことをしております」

欣怡として峰風と会話を交わすのは、これが初めてのこと。

緊張で声が上擦りそうになるが、必死に抑える。

努めて上品に、優雅に、にこやかに。

子墨と同一人物だと気付かれぬように細心の注意を払い、巫女らしく振る舞う。

峰風へは、包み隠さずすべてを話した。

不可解な現象は、木霊がやっていたこと。

すべては、御神木を次代へ繋ぐために。

木霊たちからお願いされ、舞を披露するために再び現地へ向かっていること。

宴席は、子墨を代役にしていること。

「もしや、舞の最中に目で追っておられたのは、木霊でしょうか？」

「ふふふ、樹医殿には気付かれていたのですね」

木霊が見えることを知っても、峰風に動揺は見られない。

やはり、巫女だからとすんなりと受け入れられたようだ。

凛月は、ホッと息をついた。

伐採作業が終わったため、柵はすべて取り払われている。
凛月は、御神木へ近づいた。
《ミコサマ！》
「遅くなって、ごめんなさい」
《ハヤク……マッテ！》
「そんなに、急かさないで」
《ソノヒト……ダレ？》
《サッキモ……イタ》
「こちらは、樹医様よ。木のお医者様です」
木霊たちの声が聞こえない峰風は、首をかしげている。
「では、始めましょうか」
凛月がまた即興で舞を始めると、小さな光がふわふわと周囲を飛び回る。

扇を開くと、上に木霊たちが乗ってきた。
動きに合わせて弾かれたように空へ飛んでいく。
《モウ……イッカイ！》
何度も乞われ、何度も同じことを繰り返した。
時間はあっという間に過ぎ、辺りが薄暗くなってくる。
「ごめんなさい。そろそろ戻らなければいけないの」
《タノシ……カッタ！》
《ミコサマ……マタネ》
《クスノキ……マカセテ》
「ええ、お願いしますね」
木霊たちがこれからも楠を守ってくれる。
彼らになら、安心して任せられる。
凛月は、御神木のある場所をあとにした。
足元が暗い森の中を、凛月は巫女らしく小股で歩く。
子墨のときは峰風の歩幅に合わせて大股で歩いているが、欣怡のときにはできない。
官服を着て、さらに峰風と一緒だと、気を抜くとついいつもの癖が出てしまう。
そのことばかりに気を取られ、足元への注意が疎かになる。

あっと思ったときには遅かった。

木の根に足が引っ掛かり前のめりに転倒……しかけた体が後ろから支えられる。

凛月は、峰風に抱きとめられていた。

◇◇◇

峰風は、欣怡の斜め後ろを歩いていた。

とっさに伸ばした手が届いたのは幸いだった。小柄な体が、すっぽりと腕の中に納まる。

銀髪がさらりとなびく。欣怡が顔を上げたため、至近距離で視線がぶつかる。

「も、申し訳ございません……」

先ほどまでとは、表情ががらりと変わった。

言葉通りの申し訳なさそうな、今にも泣き出しそうな幼い顔。

「欣怡様！」

先頭を歩いていた浩然が、慌てて駆け寄ってきた。

「お怪我はございませんか？」

「ええ、大丈夫です」

表情が変わったのは、ほんの一瞬だった。

「樹医殿、支えてくださりありがとうございました」

礼を言われ、まだ欣怡を抱きしめていたことに気付く。

「怪我がなくて、何よりでした」

峰風は何事もなかったかのように、体を離した。


馬車が別邸に着いたころには、辺りはすっかり暗くなっていた。

帰りが遅いことを不安に感じていたのだろうか。

門番たちは一様に安堵の表情を見せた。

「本日は、大変助かりました」

馬車を降りた欣怡は、笠を被った頭を深々と下げた。

「いえ、こちらこそ礼を申し上げねばなりません。欣怡様のおかげで、御神木の命を繋ぐことができました」

欣怡がいなければ楠はいつまでも伐採ができず、いずれ倒伏していただろう。

「それでは、失礼いたします」

浩然とともに欣怡が去っていく。

峰風は後ろ姿を見送っていたが、意を決し口を開いた。

「そういえば……子墨、君に聞きたいことがある」

「何でしょうか？　峰風様」

笠の下から発せられたのは、聞き慣れたあの声。

ごくごく自然に、慣れた様子で、欣怡は後ろを振り返った。

◆◆◆

込み入った話をするのに馬車の乗車場では差し障りがあるため、場所を峰風の部屋に移す。

欣怡あらため子墨は、小さい体をさらに縮こませながら椅子に座っていた。

後ろには、浩然が控えている。

「ハハハ、豊穣の巫女様がそんな情けない顔をしていて、いいのか？」

「……僕は、いつもこんな顔です」

「まだ信じられないが、本当に子墨なんだな」

「はい、僕です」

ずっと気を付けていたのに、峰風がいつもの調子で声をかけてきたから、ついいつも通りに返事をしてしまった。

無意識だった。

「あの……どうして僕だとわかったのですか？」

「前々から、疑いは持っていた。二人は同一人物ではないかと。きっかけは、子墨の奉納舞を見たことだ」

なぜ、峰風が奉納舞を知っているのか？　子墨の問いかけに、欣怡の祭祀を観たことがあると峰風は答えた。第一皇子のお供で、あの場にいたのだと。

「欣怡妃の舞は見事だった。そして、子墨の舞も同様だ。あれほどの名手は、そうそう居ない。だから、同一人物だと確信した」

「あ、ありがとう……ございます……」

峰風から手放しで舞を褒められ、非常に照れくさい。

「しかし、巫女としてお披露目された君は、今の姿のようにまったくの別人になっていた。それで、確信が揺らいだ」

髪色は変えられても、瞳の色を変えることはできない。

別人なのかと考えを改めかけたときに、今回の件が起こった。

「転倒しかかった巫女を支えたときに、間近に顔があった。暗がりで瞳の色は紫ではなく黒っぽく見え、その顔は子墨……紛れもなく君だった」

だから、峰風は迷った末に鎌をかけた。

子墨の正体を知るために。

「そのように見目が変わるのも、あの能力と同様に巫女の力なのか？」

「はい。奉納舞を舞うことで、巫女の姿になり、剣舞を舞うことで、元の姿に戻ります」

「そういうことだったのか……」

やはり、峰風に驚きはない。巫女だからと、すんなり納得した様子。

では、もう一つの秘密を打ち明けたら、どうなるのか。

「峰風様、もう一つお話ししたいことがあります」

ついに、この時が来てしまった。

頭では決意を固めたはずなのに、体は正直だ。

ドクドクと動悸が激しくなり、全身が震える。

でも、もう隠しておくことはできない。

子墨、いや凛月は、真っすぐに峰風を見据えた。

「僕…私は、宦官ではありません。本当は女なのです。これまで騙していて、申し訳ございませんでした」

頭を下げたが、峰風の反応を知るのが怖い。なかなか顔を上げることができない。

「……まずは、頭を上げてくれ。話がしづらいだろう」

声の感じは、普段となんら変わりはない。

凛月は、恐る恐る顔を上げた。

峰風は穏やかな笑みを浮かべている。普段通りだった。

「君は、俺を騙してはいないだろう？　ただ、本当のことが言えなかっただけで」

「でも……峰風様が女の人が苦手なのを知っていて、黙っていました」

「黙っていたのは、事情があり正体を明かせなかったからだ。それは、君のせいではない」

そもそも、君を助手に勧誘したのは俺だったからなと、峰風は苦笑する。

「まあ、正体を知ってしまえば、いろいろと納得だ。母上が女装させていたこと。桑園で護衛がついていたこと。端午節《たんごせつ》のときに居眠りをしたり、褒美に粽《ちまき》を所望したり、御神木の枝を自ら切ると張り切ったり……中身が君なんだからな」

「い、居眠りなんて、していません！」

「嘘をつくな。舟を漕いでいたのを、俺はしっかり見ていたぞ」

「うぐ……」

そこまではっきりと見られていたなら、ぐうの音も出ない。

峰風は、腹を抱えて笑っている。

そこには、二人の変わらないいつもの日常があった。

凛月は、これまでのことを峰風に話した。

元孤児で、月鈴国で巫女見習いをしていて国外追放処分になったこと。

初めて会ったときに男装をしていたのは、女の一人歩きだったから。

宦官と後宮妃になったのは、凛月の希望を踏まえての宰相からの提案だったこと。

「苦労を、してきたのだな……」

「それでも、皆様のおかげで今の私があります」

厳しく舞の稽古をしてくれた嶺依。

紹介状を書いてくれた皇太后。

二つの仕事を提案してくれた宰相。

事情持ちの主を支えてくれる瑾萱と浩然。

そして、助手に抜擢してくれた峰風……感謝の言葉しかない。

「君の、本当の名はなんと言うんだ？　歳も違うのか？」

「凛月といいます。歳は十八です」

「凛月……君に似合いの名だ。それにしても、十八にはとても見えないぞ」

「よく言われます」

「ハハハ、だろうな。実際の歳を聞いても、十五、六にしか……」

「やはり、私が子供っぽいからですか？」

以前に頭を撫でられたのも、それが原因に違いない。

「言動もだが、世間知らずだからだな。見ていて何かと危なっかしいのだ、君は。だから、守ってやらねばと思ってしまう」

「峰風様は、私の庇護者ですね」

「巫女様を守るのは、俺ではなく国の仕事だ」

「それは……助手を辞めろということですか？」

子墨が女であると知っても、峰風に拒絶反応は見られなかった。

しかし、巫女とわかった以上、助手としては使いづらいのだろう。

いくら峰風が高官といえども、立場は巫女のほうが上だ。

「辞めたいのか？」

「辞めたくありません！　これからも続けたいです‼」

「だったら、なぜ辞めるという話になっているんだ？」

「だって、巫女を守るのは国の仕事だって……」

「『巫女様』は守れない。でも、『子墨』は違うだろう？　それとも、この機会に『子墨の姉の凛月』になるか？　俺は、どちらでもいいぞ」

峰風にある日突然自分が女になったらという話をしたときに、何気なく思い付いた子墨の姉設定。

それを、峰風は覚えてくれていた。

「姉設定はとても魅力的なのですが、それをするにはまた架空の人物が必要になります。お忙しい宰相様にお願いするのは心苦しいので、子墨のままでいます」

「ハハハ、俺も父上から『余計な仕事を増やすな！』と叱責されそうだ」

「では、これからも助手の子墨として、よろしくお願いいたします」

「こちらこそ、よろしく頼…ではなくて、よろしくお願いいたします。欣怡様」

「峰風様から改めて言われると、気恥ずかしいですね……」

これまでは正体が知られないようにと気を張っていたが、すでに気は緩んでしまった。

もう峰風の前では、あの緊張感は取り戻せないような気がする。

「俺は巫女様の前ではきちんと取り繕うから、君も巫女らしく振る舞うこと。不注意で正体が知られそうになっても、助けてやらんぞ」

「そんな……」

「こんな頼りない主で浩然も大変だろうが、これからもよろしく頼む」

「かしこまりました」

「浩然、そこは否定するところでしょう？」

『頼りない主』を否定しない浩然を、軽く睨みつけた凜月だった。

◇◇◇

翌朝、乗車場にいる峰風の前に現れたのは黒髪・黒目の人物、子墨だ。昨日、峰風と別れた後に、剣舞を舞って元に戻ったらしい。

「こうして改めて見ると、本当に不思議だな。すんなりと受け入れている自分も、不思議だが」

まるで植物を観察するようにまじまじと子墨を見つめている峰風へ、後ろから近づく大きな影。

峰風の肩に、バシッと衝撃が走った。

「……兄上、もう少し手加減をしてください。肩の骨が折れます」

「いやあ、悪い悪い。嬉しくてさ、つい力が入っちまったぜ」

「何かあったのですか？」

「実はな……」

雲嵐は耳元でひそひそ話をすると、「じゃあな！」と満面の笑みで去っていく。

「雲嵐様が、どうかされたのですか？」

「……いや、何でもない。では、俺たちもそろそろ馬車に乗るぞ」

「はい！」

子墨たちの馬車に同乗するのは、なぜか浩然だった。

話によると、欣怡の馬車には三人ずつ交代で護衛官たちが乗り込み警備につくことになったとのこと。

巫女用の馬車は広いといっても、屈強な男たちが三人も乗り込めばかなり狭いだろう。

それでも、誰からも異論は出なかったらしい。

「瑾萱はいろんな高官と話ができると喜んでおりましたし、私は堂々と凛月様の護衛ができますので、全く問題はございません」

車内で、浩然は晴れやかな笑顔でそう言った。

子墨は『だから、雲嵐様は機嫌が良かったのか』と納得する。

そして、峰風は……

「兄上、巫女様から名を覚えられ、呼ばれて良かったですね（聞こえていませんでしたが）」

と、小さく呟いたのだった。

◆◆◆

「――そうか、おまえもついに巫女様の正体を知ったのか」

ここは、胡家の執務室。

劉帆は、息子と向き合っていた。

「子墨として、これからも私の助手を続けたいと仰っていますし、私も辞めさせるつもりはありません」

「それが巫女様のご希望ならば、私からは何も言うことはない」

「もちろん、巫女様の前では遜《へりくだ》りますので、ご安心ください」

「おまえに、そのような心配はしていない。心配なのは、巫女様のほうだ」

劉帆は苦笑する。

浩然からの報告でも、二人が親交を深めていることはわかっている。

会合のときの様子からも、それは十分感じ取れた。

きちんと立場を使い分ける峰風は問題ないが、慣れていない巫女はすぐに態度に出てしまいそうだ。

峰風が同席する場では面紗《ベール》を被り、瑾萱を通して話をさせたほうが良いかもしれない。

劉帆は考えを巡らせる。

「報告は以上になります。では、私はこれで失――」

「待て。おまえに確認したいことがある」

「何でしょうか？」

「おまえは、巫女様の婿になる気はあるのか？」

劉帆は直球で尋ねた。

「……兄上は、名乗りを上げているそうですね」

「お披露目のあと、各家から巫女様へ縁談話が続々と届いている。水面下では、近々見合いの席を設けることになっていた」

「当の巫女様は、全くご存じないようでしたが？」

「時機を見てご説明申し上げる手筈になっていたのだが、先に権力争いが始まってしまってな。少々困っているのだ。だから、ひとまず見合いを希望する家を国で取りまとめることにした」

希望者全員と見合いをしてもらい、巫女に相手を決めてもらうとの話を、峰風は黙って聞いていた。

「巫女様は、嫁入りを望んでおられるのですか？」

「これからも我が国に居てもらうためには、この国の誰かと娶《めあ》わせなければならぬ。

これは、月鈴国でも同じだ。巫女・巫女見習いの方々は皆、皇族や高官へ嫁がれている」

「本人の希望を無視して、国に縛り付けるのですね」

「その代わり、相手はご本人に選んでもらう。意に添わぬ相手を押し付けることは、絶対にない」

「…………」

峰風は何も言わない。

これまでなら、見合い話に即拒否の態度を示していた息子が真剣に考え込んでいる。

この事実だけでも、驚愕すべきこと。

劉帆は驚きを面《おもて》に出さないよう努めた。

「父上、私は――」

答えが出たようだ。

劉帆は続く言葉を静かに待つ。

「――巫女様との婚姻は望みません」

「……そうか」

少し期待していただけに、父の落胆は大きい。

妻の嘆く姿が瞼に浮かんだ。

「では、おまえは辞退す――」

「……ですが、凛月との婚姻は望みます。私はこれからも、彼女の傍にいたい。だから、見合いを希望します」

峰風は父の目を見て、きっぱりと言い切った。

◇◇◇

劉帆の執務室を出た峰風は、自室には戻らず庭に出ていた。

夜空を見上げると月が浮かんでいる。

御神木の件で地方へ向かう前に、巫女は華霞国で三度目となる奉納舞の儀式を終えていた。

その日から数えると、今日はちょうど半月《はんげつ》にあたる。

「あれから、もう二月《ふたつき》以上経ったのか。早いな……」

初めて奉納舞を観たときの光景は、未だ峰風の心に焼き付いている。

この世にこんな美しい舞を舞う者がいるのかと衝撃を受け、魅了された。

端午節《たんごせつ》の剣舞では、奉納舞とは全く違う荒々しい魅力に心を揺さぶられた。

欣怡という人物に興味を持ったのは、その頃だった。

評議の場でお披露目され、その美しさに心惹かれた。

しかし、それは恋情ではなく憧憬《しょうけい》に近い感情。

『豊穣神の化身』を崇拝するような気持ちだった――あの時までは。

この腕に抱きとめた巫女は、自分と同じ『人』だった。しかも、身近にいた人。

以前から人として好ましいと思っていた人物は宦官ではなく女子《おなご》で、憧れの巫女と同一人物だったのだ。

体の内から湧き上がったのは、歓喜。そして、愛しいと思う気持ち。

でも、すぐに心の奥底へ沈めた。

これ以上は望まない。これからも傍に居られれば、この関係が維持できれば、十分満足だった。

凛月がただの官女や女官だったなら、それでも問題はなかった。

残念ながら、巫女という立場では許されない。

父から回答を迫られ、峰風に選択の余地はなかった。

それでも、すぐに返答ができなかったのは、関係の変化を恐れたため。

峰風が巫女との見合いを希望したと聞いたら、凛月はどんな反応を示すのか。

凛月が峰風に対し恋情を抱いていないことは、あの瞳を見ればすぐにわかる。

彼女が持っているのは、真っすぐな親愛の情のみ。

それを知っているから、峰風は現状維持を望んだ。

「アイツに知られるのは癪《しゃく》だな」

見合い話は、いずれ主の耳にも入るだろう。

「やはり」と、したり顔で執務室に現れる姿が容易に想像できる。

「部屋で話題にされないよう、今のうちから対策を練っておくか……」

本人の目の前で見合いの話をされては、気まずいことこの上ない。

うんうん唸りながら一人作戦会議をする峰風を、半月の明かりが優しく照らしていた。

終章　一つになる心

峰風は、朝から緊張していた。

今日は、巫女との見合いの日である。

通常ならば官服に着替えるところを、着慣れない正装に袖を通す。

衣裳の基調は、落ち着いた深緑色。そこに、数か所こげ茶色で刺繍が入っている。

黒よりやや茶色がかった峰風の髪色に合わせて、母の春燕が気合を入れて用意した特注品だ。

峰風が巫女との見合いを希望したと知ったときの、春燕の喜びようは凄まじかった。『狂喜乱舞《きょうきらんぶ》』

この言葉がふさわしい。

峰風は、生涯この光景を忘れることはないだろうと思った。

母を見ていた父の半笑いの顔も。

「母上、兄上も参加されますよね？」

「雲嵐は今回ご縁がなかったとしても、いずれは自分からお相手を探してきます。わたくしは、何の心配もしておりません。ですが……」

春燕が峰風の前に立つ。人差し指で顔を差してくる。

他人を指差してはいけません！　と、幼いころに母から叱られたような気がするが、気のせいだろうか。

とにかく圧がすごい。視線をそらしたいが、そらせない。

「あなたはこの機会を逃したら最後、一生独り身が確定です！」

「それは――」

「間違いございません!!」

「……………」

母の断言を、峰風自身も強く否定できなかった。

峰風にとって、一緒にいて心地良いと感じた女性は凜月が初めてだ。

初対面で女性だと知らず、先入観なく対応できたのがよかったのだろう。

女性だとわかっていたなら、父へ取り継いだ時点で関係は終わっていた。助手に抜擢もしなかった。

なぜ、子墨が女性だと気付かなかったのか。

大きな理由としては、凜月が女性らしくなかったから。

若い女性の興味といえば己を着飾ること。

少なくとも、これまで峰風が出会ってきた者たちは皆そうだった。

しかし、凜月は違った。彼女の興味の大半は、植物を慈しむことと美味しい物を食べることに注がれている。

本人も隠すつもりがなく、見ていて清々しさを感じるほど。

反対に、恋愛への興味は皆無。

それを残念だと感じてしまう自身の変化に、峰風は一番驚いていた。

見合い会場は、宮殿に隣接する離宮。主に、国外からの来賓を迎えるときに使用される場所だ。

都の一等地にある胡家からは、馬車で向かえばすぐに着く。
しかし、峰風は余裕をもって屋敷を出た。
母の満面の笑みの裏に潜む無言の圧力には、耐えきれなかった。
今回、巫女との見合いを希望した者は約三十名。
そこから、家柄・年齢等を考慮したふるい落としが行われ、最終的に十名になった。
上が二十三歳から下は十七歳まで。全員が高位官吏である。
兄弟で参加しているのは、胡家を含め三家。
つまり、実質七家で婿の座を争う。
離宮に着いた峰風を出迎えたのは、担当者と侍女だった。
「本日の見合いは、急遽延期となりまして――」
中年の侍女によると、巫女が急病になったとのこと。
急ぎ胡家へ早馬を飛ばしたが、早めに屋敷を出た峰風と行き違いになったようだ。
連絡が遅れ大変申し訳ございませんと、二人から平謝りされてしまった。
見合いは一日に一人。連日ではなく途中休日を挟み、半月にわたって行われる。
順番は公平を期し、籤《くじ》によって決められた。
峰風は五番目。兄の雲嵐は、初日の一番手だった。
峰風も見合いに参加すると知り、兄は弟が商家の娘から縁談を断られたと思ったようだ。

雲嵐から「残念だったな！」と明るく慰められ、「どちらが選ばれても、恨みはなしだ」と言われる。

兄の器の大きさを、改めて認識した峰風だった。

「こちらから、また新たな日程をご連絡させていただきます」

「ひとつ確認したいのだが、巫女様のご容体は？」

「朝こちらにいらっしゃったときは、お元気なご様子でございました。ところが、従者の方から体調が思わしくないと申し出がございまして」

「そうか……」

つまり、急に体調不良になったということ。

地方から戻って以降、峰風は一度も凛月と顔を合わせていない。

宮の仕事を手伝うため（という理由で）、子墨は助手の仕事を休んでいた。

本当は見合いの準備で忙しいことを、峰風は知っている。

執務室へやって来た梓宸が「尚服が張り切って（巫女の）衣装を用意している」と話していた。

男の峰風でさえ、この一着を仕立てるまでに相当な時間を要している。それが巫女ともなれば、その比ではない。

おそらく、旅の疲れが癒えないうちに見合いの準備が始まり、体調を崩したのだろう。

端午節《たんごせつ》前に、体調不良で休んでいた子墨を思い出し、峰風は胸が痛んだ。

「……峰風様」

乗車場へ向かって歩いていた峰風へ物陰から声をかけてきたのは、浩然だった。

二人の周囲に、他に人はいない。

浩然は辺りの様子を窺いながら前に出てきた。

「(凛月が)体調を崩したと聞いたが、大丈夫なのか？」

「その件で、ご相談したいことがございます。今から、少々お時間をいただけないでしょうか？」

「構わないぞ。俺も、容体が気になるからな」

案内されたのは、見合い会場ではなく別の建物の一室。

中には、面紗《ベール》を被った巫女姿の凛月と瑾萱がいた。

「峰風様、どうしてこちらに？」

「君が体調を崩したと聞いたから、心配でな。でも、思ったよりも元気そうだ」

声を聞く限り、いつもと何ら変わりはない。

峰風は安堵した。

「体調は、どこも悪くないのです」

そう言いながら面紗《ベール》を取った凛月の姿は、黒髪・黒目のまま。

「今日は、巫女としての公務の日だろう？　なぜ、姿を変えていない？」

「昨日までは、巫女の姿でした。ところが、今朝起きたら元の姿に戻っていたのです。剣舞を舞ってもいないのに……」

凛月は困惑した表情で目を伏せた。

「姿が戻ってしまった理由は、わかっているのか？」

「それが、まったくわからないのです。朝から様子を見ていましたが一向に戻る気配がないので、やむを得ず予定を変更させていただきました」

見合いの席で面紗《ベール》を被ったままなのは失礼だから、申し訳なく思いつつも急病ということにしたとのこと。

そんなことは気にしなくても良かったのに……と峰風は思ったが、口にはしなかった。

「これまでに、舞を舞っていない状態で急に姿が変化したことは？」

「満月の日に、巫女の姿になったことはあります。でも――」

それは月鈴国にいたころの話で、朝には元に戻っていた。

おそらく、その時に巫女の力が覚醒したのだと。

「姿が変化する理由が『舞』の他にもあるということか……いつもと、何か違うところはないのか？」

「証が消えています。でも、これまでにもありました」

明日にはまた出てきますと言う凛月が掲げた左手の甲には、あるはずの証が綺麗さっぱりなくなっていた。

「証が消えているから、巫女の力が無くなったのではないか？　もう一つの力は、使えるのか？」

「朝からバタバタしておりまして、翠には『行ってきます！』と声をかけただけでした。宮に戻りましたら、確認してみます」

「さっき、『満月』の日に姿が変化したと言ったな？」

「はい」

「今日は『新月』だ。もしや、それが関係しているのではないか？」

「⁉」

月の満ち欠けで証が変化し、見目が入れ替わる。

これまで、舞だけが見目の変化に関係があると考えていた凛月たちにはなかった発想だ。

「だから、満月が近づくと色が濃くなり、過ぎると薄くなっていく。どうして、今まで気が付かなかったんだろう……」

「これは、まだ一つの仮説にすぎない。立証するには――」

「満月の前日に、奉納舞を舞わなければいいのですね？　それでも巫女に変化したら、確定です！」

「もし間違っていたら、どうするんだ？」

「そのときは、そのときです。それに、峰風様が間違うことなどありません」

助手から絶対的な信頼を寄せられ、峰風の心境は少々複雑だ。

感情が面に出やすい凛月は、本人が隠しているつもりでも峰風には手に取るようにわかる。

尊敬のまなざしの中に、やはり恋情は一切見えない。

悲しいくらい、異性として意識されていない証拠。

「そういえば、峰風様はお時間は大丈夫でしょうか？　どちらかへ、お出かけのご予定があったのでは？」

「うん？」

「今日のお召し物は、とても素敵ですね。峰風様によくお似合いです！」

「これは、母上が今日のために用意したものだ」

「そうでしたか。ご予定の前にお時間をいただいてしまい、申し訳ございませんでした」

凛月と話が噛み合っているようで、噛み合っていない。

峰風は、後ろに控えている従者二人へ視線を送った。

「巫女様は見合い相手をご存じではないのか？」

「これには、少々事情がございまして……」

浩然が理由を説明するより先に、瑾萱がサッと動く。峰風へ「お耳を拝借します」と内緒話を始めた。

巫女に先入観なく見合いをしてもらうため、事前に相手の情報は一切明かしていないとのこと。

瑾萱は明言しなかったが、上からの指示によるものと峰風は判断した。

「……では、俺も次回まで黙っていたほうが良いのだな？」

「……わたくしに考えがございますので、話を合わせていただけないでしょうか？」

峰風がうなずくと、瑾萱は凛月へ顔を向けた。

「凛月様、今日は峰風様もお見合いだそうですよ」

「お見合い⁉　峰風様が？」

凛月の黒曜石のような瞳が、ギュッと丸くなる。

「これから、ですか？」

「えっと……母上がうるさくてな、少し早めに家を出てきた」

「お見合いの相手は胡家にふさわしい身分をお持ちで、性格は穏やか。お優しくて、大変見目麗しい方です。わたくしも、よく存じ上げております」

ここまで、峰風も瑾萱も嘘は言っていない。

「……その方と、ご結婚されるのでしょうか？」

「見合いだからな、お互いが同意すればいずれはそうなるだろうな」

（君に選ばれたらの話だが……）

峰風は心の中で苦笑する。

「…………」

「凛月様、どうかされましたか？」

「い、いえ、何でもありません」

凛月は、にこりと微笑んだ。

◆◆◆

華霞国の都は、歓迎ムード一色だった。

友好国である月鈴国の第三皇子が、華霞国を成人後初めての外遊先に選んだためだ。

彼の初来訪を祝う飾りが、あちらこちらで見られる。

「凛月様は、第三皇子殿下とは面識があるのですか？」

「宮殿でお姿を拝見したことはあるけど、言葉を交わしたことはさすがにないわ。趣味で花を育てられていると、以前聞いたことがあるわね」

「まあ、凛月様とお話が合いそうですね」

朝餉のあと、凛月は子墨として出仕する準備をしていた。

月鈴国の皇子が来ようとも、下っ端宦官にはまったく関係のない話。

今日も粛々と仕事を全うするのみ。

「でも、まさか離宮が予定よりも早く使用できなくなるなんて。あと、お一人とのお見合いがまだ終わっていないのに、本当に申し訳なくて……」

新月で巫女の姿になれず、その日予定していた見合いだけが延期になった。

その埋め合わせをする前に、使節団の来訪の日程が前倒しになってしまったのだ。

予定が急遽変更になったのは皇子たっての希望と噂されているが、本当のところはわからない。

「そちらに関しましては、お相手の方も事情は理解されていらっしゃると思いますよ……」

「誰かさんがあのとき話をしていれば、少なくとも凛月様がお心を痛めることはなかったと思うがな」

「浩然だって止めなかったじゃない！　だから、同罪よ‼」

最近、時折始まる二人の謎の言い合いに、凜月は首をかしげる。

翠も、日当たりの良い卓子《テーブル》の上からやれやれと思っているようだ。

凜月はクスッと笑った。

◇◇◇

覚えたての事務処理を手伝いながら、子墨は隣に座る峰風の横顔をチラチラと見つめていた。

お見合いの結果がどうなったのか、気になってしょうがない。

でも、真正面から尋ねる勇気はない。訊けるような立場でないこともわかっている。

だから、ひとり悶々《もんもん》とするしかないのだ。

(こんな時に梓宸殿下がいらっしゃれば、梓宸はまったく遠慮なく尋ねてくれるのに……)

来賓を迎え公務が忙しいのか、梓宸はまったく姿を見せない。

本来の仕事が捗って助かると、峰風は喜んでいる。

「失礼いたします。劉帆様より書簡を預かってまいりました」

執務室にやって来たのは、宰相の従者だった。

受け取った峰風はすぐに目を通す。

「子墨、父上が書物を何冊か貸してほしいそうだ。運ぶのを手伝ってくれるか？」

「かしこまりました」

執務室にいた宰相は、お茶を飲んでいた。

「父上、ご希望のものをお持ちしました」

「忙しいところをすまんな。美味しいお茶菓子があるから、たまには一緒にどうだ？」

「ありがとうございます。では、お言葉に甘えて」

従者は、二人用のお茶とお茶菓子を用意すると部屋を出て行く。

宰相から勧められるまま、子墨もお茶を頂くことにした。

「急にお呼び立てして、申し訳ございません。実は、凛月様に少々お伺いしたいことがございまして」

「な、何でしょうか？　ゴホッ……」

遠慮なくお菓子をもぐもぐしていたら、声をかけられる。

どうやら、宰相は巫女に用事があったようだ。

お茶を飲みながら、峰風は笑っている。

それならそうと、お菓子を口に入れる前に言って欲しかった。

峰風へジトッと抗議の視線を送りつつ、子墨は無理やりお茶で流し込んだ。

「朱《シュウ》俊熙様とは、月鈴国で面識がおありですか？」

「はい。あの方のお茶会で、ご一緒させてもらったことがあります」

俊熙は、月鈴国の皇弟の子息で二十二歳。皇太后の孫でもある。

今回来訪している第三皇子の、従兄弟にあたる人物だ。

皇太后のお茶会の席で、凛月は言葉を交わしたことがあった。

「俊熙様から、内密に凛月様の居所を尋ねられました。お答えして良いかどうかの判断ができませんでしたので、こうして確認をさせていただいた次第です」

「どうして俊熙様が、私の居所を……」

「お心当たりは、ございませんか？」

「はい、まったく」

凛月が華霞国にいることは、皇太后から聞いて知っていたのだろう。

でも、なぜ宰相へ居所を尋ねたのだろうか。

「凛月様に、どうしてもお会いしたいそうです。そのために、今回随行してきたと仰っていました」

「ゴホッ、ゴホッ……」

お茶で噎《む》せたのは、凛月ではなく峰風だった。

「峰風様、大丈夫ですか？」

「ああ、問題ない。父上、話の腰を折って申し訳ございません」

頭を下げた息子に頷くと、宰相は再び凛月に向き直る。

「それで、いかがいたしましょうか？」

「私は国を追われた身です。たとえ他国であっても私と会ったとの噂が広がれば、俊熙様にご迷惑をかけてしまいます」

「では、お会いにはならないということで、よろしいですね？」

「はい」

宰相の話はこれで終わりのようだ。

峰風は、どうしても気になったことを口にする。

「使節団の滞在中は、助手の仕事を休んだほうがいいのではないか？　外廷にいれば、月鈴国の者と顔を合わすことがあるかもしれないぞ」

「巫女見習いのときは、女物の服を着てきちんと化粧をしておりましたので、宦官の恰好をした私に気付く方はいないかと。念のため、さらに少年っぽく見えるよう化粧をしてもらうつもりです」

肌の色を濃くしたり、眉を太くしたりします！　と凛月は言う。

仕事を休む考えは、まったくないようだ。

峰風としては、本音を言えば凛月には後宮に居てもらいたかった。

俊熙の目的がはっきりしていない中で、凛月が宮廷内にいることが知られてしまったらどうなるか。

まったく予想ができない。

持ってきた書物は、そのまま持ち帰る。

行きと同じように小柄な子墨には軽い物を、峰風は重い物を持った。

「俊熙様とは、どういう方なんだ？　わざわざ君に会うために随行してきたのだから、それなりに親しかったのだろう？」

「俊熙様は、皇弟殿下のご子息です」

「皇族なのか……」

自身と同じ高位官吏だと思っていたら、予想以上の大物だった。

「あの方のお茶会の席や宮殿内で何度か声をかけていただいたことはありますが、身分が違いすぎて親しいなどとんでもないですよ！」

「…………」

子墨は笑っているが、峰風は言葉通りに受け取ることはできなかった。

執務室に戻った二人を待っていたのは、梓宸だった。

峰風は、あからさまにため息を吐く。

「だから、ここに来る前に先触れを出せと、何度も言っているだろう！」

「私は、待つことは一向に構わぬぞ」

「おまえはそうでも、こっちは気になるんだ。それで、忙しい中やって来たのは、大事な用件があるからか？」

「もちろん、大事な話とはおまえの見合いの件――」

峰風が、ピクッと反応する。

書物を棚に片付けていた子墨の動きも止まる。

「――と言いたいところだが、急を要する案件でな」

「また、面倒事だな」

峰風は仕方なく席についた。

「おまえは『酔芙蓉《すいふよう》』という花を知っているか？」

「芙蓉の変種だな。実物を見たことはないが、大層綺麗な花だと聞いている」

「その酔芙蓉《すいふよう》が原因で、少々厄介なことになっている。そこで、おまえの出番だ」

梓宸は笑みを深める。

主がこの顔をするときは、ほぼ無理難題を押し付けられてきた。

詳細を訊く前から、峰風は軽い頭痛を覚えた。

「あのな、これも何度も言っているが、俺は『樹医』だ。花は専門外だぞ」

「だが、優秀な樹医殿の話なら、珠蘭《シュラン》も聞く耳を持つだろう?」

「…………」

静かな室内に「『皇子様』の次は『公主様』か……」という、峰風の呟きが響いた。


翌日、子墨たちは離宮の庭園にいた。

巫女として見合いをした、あの離宮だ。

梓宸の話によると、月鈴国の第三皇子と華霞国の公主との間で以前から縁談話が進んでいるとのこと。

第三皇子の飛龍《フェイロン》は、成人したばかりの十五歳。珠蘭は十四歳。

これまで、書簡でのやり取りはあったが、顔を合わせるのは今回が初めて。

国同士の政略結婚ではあるが、文《ふみ》を通じて二人は親交を深めていた。

今回の対面を、珠蘭は心待ちにしていたと梓宸は聞いていたのだが……

「飛龍殿下が国から酔芙蓉《すいふよう》を持参してきたと聞いてから、珠蘭の様子がおかしくなったらしい」

「理由は、わかっているのか?」

「侍女たちが尋ねても、『殿下にはお会いしたくない』の一点張りで埒が明かないようだ」

「酔芙蓉《すいふよう》は、とても珍しい花だ。おそらく、公主様への贈り物だと思うが」

「飛龍殿下は花を育てることがお好きなようだからな、まず間違いないだろう。珠蘭はそれを知っていて、私が異国から持ち帰った花に関する書物をよく読んでいた」

将来の伴侶となる人物の趣味に合わせて、自分も知識を深める。

そこに、飛龍への想いが垣間見える。

けなげな少女の姿を想像し、子墨は微笑ましく思った。

「そこでおまえに、酔芙蓉《すいふよう》がいかに貴重な花であるかを珠蘭の前で語ってもらいたいのだ」


庭園に設置された四阿《あずまや》にいるのは、第三皇子と公主。

それぞれの従者が一名。そして、樹医とその助手だった。

これまで文のみでやり取りをしていた者同士が、初めて顔を合わせる。

積もる話でさぞかし会話も弾むはず…なのに、最初の挨拶だけで、それ以降二人は言葉を交わしていない。

従者を通して、ようやく会話が成り立っている状況だった。

「――こちらが、酔芙蓉《すいふよう》でございますか。私は書物では存在を認識しておりましたが、拝見するのは初めてでございます。噂に違《たが》わず、美しい花でございますね」

「酔芙蓉《すいふよう》の魅力は、時間の経過とともに花の色が変化することにある。今は白だが、徐々に――」

植物に詳しい峰風を相手に、飛龍が饒舌になる。

それに相槌を打ちつつ、峰風は梓宸からの依頼をこなす。

子墨はそんな二人を眺めながら、さりげなく公主へ視線を向けた。

十四歳と聞いていたが、珠蘭はとても大人びた美少女だった。

年上の凛月が隣に並んでも、年下に見られるかもしれないほど。

しかし、花のように美しい顔《かんばせ》は憂いを帯びていて、終始うつむき加減。

侍女がどうにか笑顔にさせようと奮闘しているが、まったく効果はないようだった。

「そちらの樹医殿の助手は私とそう年端が変わらぬように見えるが、梓宸殿下からは大変優秀な者と聞いている」

「知識に関しましては、ただいま研鑽を積んでいる最中でございます。ですが、植物の目利きに関しましては私の遥か上をいきます」

「ほう、それは素晴らしい」

感服したようなまなざしを向けてくる飛龍へ「私など、まだまだでございます！」と言いたいが、他国の皇族に対し失礼があっては一大事。

子墨は黙って笑みを浮かべるしかない。

「其方から見て、この酔芙蓉《すいふよう》はどうだ？　ぜひ、率直な意見を聞かせてほしい」

飛龍から直接声をかけられてしまった。

峰風へ顔を向けると頷いている。

子墨は、恐る恐る口を開いた。

「花の一つ一つがいきいきとしており、皇子殿下が丹精込めて育てられたことが伝わってまいります」

「家族のようなものだからな」

「私にも、大切に育てている植物がございます。名を付けて可愛がっているのですが、こちらの酔芙蓉《すいふよう》にはどのような名をお付けになっていらっしゃるのですか？」

「これの名か……」

先ほどまでとは一変、飛龍の口が急に重くなる。

顔はやや赤く、そわそわと落ち着きがなくなった。

「飛龍殿下、助手殿の質問にお答えにはならないのですか？」

後ろに控えていた壮年の従者が、見かねて口を挟む。

「さすがに、この場では……」

「殿下がお話づらいのであれば、わたくしが代わりに申し上げますが？」

「い、いや、私から話す」

フーッと一度深呼吸した飛龍がまだ多少赤い顔を向けたのは、子墨ではなく珠蘭だった。

「酔芙蓉《すいふよう》には『珠（真珠）』と名付けた。その……色白と言われる珠蘭様のようだと思ったから」

「えっ？」

珠蘭が顔を上げた。

「殿下は、水やりのたびに話しかけておられたのですよ。フフッ、ご本人さまへ話しかける練習をされていらっしゃったのです」

「お、おまえは、余計なことまで言わなくてもいい！」

「ハッハッハ……申し訳ございませんでした」

顔を真っ赤にして怒った主へ、絶対に申し訳ないとは思っていなさそうな顔で頭を下げた従者。

子墨は吹き出しそうになるのを、必死に堪えた。

「わたくしを、花にたとえてくださったのですか？」

「このように、酔芙蓉《すいふよう》はとても綺麗な花だ。そして……珠蘭様も」

「あ、ありがとうございます。とても、嬉しいです」

同じように顔を赤らめた珠蘭が礼を述べると、飛龍は少しはにかんだように笑った。

二人の間にあった張りつめた空気が、和らいでいく。

「……飛龍殿下、大変申し訳ございませんでした。わたくしは誤解をしていたようです」

「誤解とは？」

「殿下が酔芙蓉《すいふよう》を持参されたと聞き、今回の縁談を白紙に戻されるおつもりなのだと思いました。日程を前倒しにされたのも、早く決着をつけるためなのだと。それが悲しくて……」

「無理を言って日程を早めてもらったのは、酔芙蓉《すいふよう》の花の見頃を逃さないためだ。どうしても、貴女に色の変化を見せたかったから。ほら、やや色が変化してきたであろう？」

先ほどまで白かった花が、淡い紅色に変わっている。

不思議な変化に、子墨も思わず見入ってしまった。

「さらに時が進めば、薄紅色になる」

「本当に素敵な花ですのね。あの……花の色が変わり終えるまで、このまま殿下とご一緒させていただいてもよろしいでしょうか？」

「もちろんだとも。私もそのつもりで、この後の予定は何も入れておらぬ」

二人にようやく笑顔が見えた。従者たちは安堵している。

子墨は上手く話を誘導できたことに、ホッとした。

酔芙蓉《すいふよう》から感じ取ったのは、従者の言葉通り熱心に語りかける飛龍の姿だった。

深い愛情をもって花たちを育てている若い皇子の可愛らしい姿を感じ取って、背中を押したくなった。

酔芙蓉《すいふよう》も飛龍を応援している。

「珠蘭様、差し支えなければ貴女が誤解された理由を教えてもらえないだろうか。その……私は女心の機微《きび》に疎いところがあり、酔芙蓉《すいふよう》がなぜ誤解させたのかわからぬのだ」

「飛龍殿下は、『花言葉』というものをご存じですか？」

「花言葉？　いや、私は知らぬ。樹医殿は、どうだ？」

「異国の書物に記載がございました。植物一つ一つに様々な意味の言葉がついておりまして、たとえば、赤い薔薇《そうび》は『愛情』だそうです。わたくしも、これくらいしか存じませんが」

「ほう……花言葉とは、そのようなものなのか。それで珠蘭様、酔芙蓉《すいふよう》にはどのような花言葉が？」

「『心変わり』でございます」

「な、なんと！」

飛龍は顎が外れんばかりに驚いている。従者も同様だ。

「私は、決してそのようなつもりで持参したわけではない！　ただ、貴女に綺麗な花を見せたかっただけで‼」

「はい、わかっております」

花が綻ぶように、珠蘭は笑った。

◇◇◇

峰風と子墨は、宮廷へ戻るために乗車場へ向かって庭園の抜け道を歩いていた。

庭師たちによって綺麗に手入れがされている離宮の庭は、見合いのときには見学できなかった場所。

しかし、峰風は庭ではなく、瞳をキラキラと輝かせ周囲の植物を観察している子墨を微笑ましく眺めていた。

「誤解が解けて、良かったですね」

「君のおかげだ。最悪の場合、外交問題に発展していたかもしれないからな。また、助けられた」

これからは花言葉を勉強すると言った飛龍に、珠蘭が花言葉の一覧を書いて送ることで、今回の騒動は無事に幕を閉じる。

あの後、二人は話題が尽きることなく語り合っていた。

邪魔にならぬよう、峰風たちは早々にお暇《いとま》してきたのだった。

「政略婚とはいえ、やはり気の合う方と幸せになっていただきたいですから」

「そういう君はどうなんだ？　巫女として、同じような立場に置かれているだろう？」

国に留め置くために、高官と婚姻を結ぶことを求められている凛月。

峰風から見れば、公主と何ら変わりはない。

「宰相様は、私の意思を尊重すると仰ってくださいました。無理やり相手を押し付けることはないと」

「そうか」

前に父が話をしていたように、凛月自身が選択権を持っているようだ。

意に添わぬ相手を強制されることはない。峰風は安堵した。

「もし、あのまま国にいて豊穣の巫女に選ばれていたら、皇族の方との婚姻が決まっていましたからね」

「皇族との婚姻？」

（もしや、その相手は……）

峰風の胸に、一抹の不安がよぎる。

「それに比べれば、自分で相手を決めることができるのは有り難いことです」

「しかし、婚姻自体が君の望みではないだろう？」

「私の望みは、これからも峰風様の助手を続けることです」

凛月は、きっぱりと言い切った。

「でも、相手が決まってしまったら無理なのでしょうね」

許婚には見目が変わることを打ち明けても、子墨のことは言えない。

巫女が身分を偽って宦官のふりをしていたことなど、公にはできないからだ。

許婚が決まった時点で、子墨という存在は消滅する。

その後は、巫女として生きていくことになるのだ。

「どうにか助手を続けられる道を探ってきましたが、万策尽きたようです」

「…………」

どこか諦めの境地なのか、凛月は淡々と話す。

しかし、峰風は凛月がこれからも子墨として助手を続けられる方法を知っている。

それは――自分と結婚をすること。

峰風ならばすべての事情を把握し、理解もしている。

伴侶となる相手へ隠し事なく、現状維持が可能なのだ。

「……許婚が決まっても、この仕事を続けていく方法が一つだけある」

「えっ？　どんな方法ですか？」

卑怯なやり方だと、峰風自身も自覚している。

凛月には他に選択肢がないのだから、事実上の強制だ。

それでも、そこまでしても、峰風は凛月の隣にいたい。

「それは、俺と――」


「樹医殿！」

馬車の乗車場まで追いかけてきたのは、飛龍の従者だった。

「間に合ってよかったです。殿下が、こちらをお渡しするようにと」

差し出されたのは、小さな壺だ。

「茉莉花茶《ジャスミン》です。殿下が育てられた花で香り付けしたものでございます」

「そんな貴重なものを頂くわけには……」

「殿下のお気持ちですので、ぜひお納めください。私としましても、場を盛り上げていただき大変助かりました」

表情には出ていなかったが、従者も対応には苦慮していたのだろう。

ハッハッハと笑う顔には心からの安堵が見えた。

「では、有り難く頂戴いたします」

受け取りながら助手へ目をやると、壺に目が釘付けになっていた。

非常にわかりやすい反応に、笑いがこみあげる。

今日はこれにお茶菓子を添えて三人で休憩するかと、峰風は考えを巡らす。

美味しそうに食べる凛月の顔を見るのが、峰風の癒しとなっていた。

「……天佑《チンヨウ》、そちらの方々はどなたかな？」

「俊熙様、お帰りなさいませ。こちらは、華霞国の樹医様と助手殿でございます」

子墨が、ぴくっと反応した。

さりげなく峰風の後ろに隠れるようにして立ち、頭を下げる。

峰風は、大勢の従者を引き連れた人物へ顔を向けた。

涼しげな目元が印象的な美丈夫だ。

「樹医殿というと……宰相様のご子息である峰風殿ですか？」

「はい。お初にお目にかかります。胡峰風と申します。これは助手の子墨です」

子墨は頭を下げたまま揖礼《ゆうれい》した。

峰風へも緊張感が伝わってくる。

一刻も早くこの場を立ち去りたい。

「では、私たちはこれで失礼いたします」

「本日は、ありがとうございました」

従者の見送りを受け、馬車へと歩みを進める。

知らず知らずのうちに、早足になっていく。

馬車に乗り込み、二人はようやく息をついた。

「ああ、緊張しました！　でも、気付かれなくてよかったです」

「まさか、乗車場で出会うとはな」

庭園だけならば、会うことはないだろうと油断していた。

今ごろになって、汗が噴き出してくる。

手拭いで拭っても、峰風の汗と胸騒ぎは収まらなかった。

翌日、月鈴国側から何らかの動きがあるかと構えていた峰風だったが、特に何事もなく一日が終わる。

子墨は「これで、もう安心ですね！」と笑顔で宮に帰っていった。

しかし、峰風の胸騒ぎは未だ収まっていない。

そして、残念ながらそれは当たっていた。

次の日、二人は再び離宮を訪れていた。

月鈴国から直々に先日の礼がしたいと招待を受けた。断れば外交問題に発展するため、最初から『招待を受ける』の選択肢しかなかったのである。

前回は庭園だったが、今回は応接室に案内された。

出迎えたのは、やはり俊熙だった。

子墨は助手らしく後ろに控えようとしたが、俊熙から着席を勧められ、峰風の隣に腰を下ろす。

他愛ない世間話をしつつも、俊熙の目的は明らか。

ならば、峰風としては凛月を守るべく行動するのみ。

「峰風殿に、少々お尋ねしたいことがあります」

話題が途切れたところで、俊熙はおもむろに話を切り出した。

「何でございますか？」

「あなたは、宰相様のご子息……ということは、様々な事情もご存じなのですよね？」

「『様々な事情』とは、何でしょう？」

俊熙の質問の意図を理解した上で、峰風は素知らぬ顔でとぼける。

「そちらの、助手殿に関することです」

俊熙は、さらに一歩踏み込んできた。

視線は、隣に座る人物をしっかりと捉えている。

子墨が身を固くしたのが気配でわかった。

「子墨はある方の従者でして、私はただ借り受けているだけでございます」

遠回しに、『自分は何も知らない』『詳細は主へ訊いてほしい』と返す。

「助手殿の主は、豊穣の巫女様だそうですね。噂では、我が国の巫女と同じ容姿で、相当な舞いの名手とか」

「よくご存《ぞん》じでいらっしゃる」

俊熙も然《さ》る者。

たった一日で子墨のことは調査済みだと、暗に告げられた。

しかし、華霞国の巫女の正体が子墨であることまではわかっていないようだ。

「さて、そろそろ回りくどいことはやめて、率直に申し上げます。私は、こちらの国に人を捜しにきました。その人の名は凛月。年は十八。黒髪・黒目の可憐な女子《おなご》です」

「なぜ、その方を捜しておられるのですか？」

相手が明言したならば、こちらも正面から受けて立つのみ。

峰風が一番知りたかったのは、俊熙の目的だ。

これを、真っ先に訊かずにはいられなかった。

「国へ連れて帰るためです」

「⁉」

隣で、子墨がわかりやすく反応している。

やはり凛月に隠し事は無理だと、峰風は心の中で苦笑した。

「連れて帰ったあと、その方をどうされるおつもりですか？」

「我が国の豊穣の巫女として迎えます」

「次期巫女様は、すでに決まっていると聞いておりますが？」

その人物への侮辱罪で、凛月は国外追放となったのだから。

「実は、次期巫女が『自分は奉納舞を舞うには実力不足だ』と辞退を申し出まして、大変困った事態となっているのですよ」

俊熙は苦笑いを浮かべる。

このままでは、今年の中秋節に豊穣の巫女が不在となってしまう。

だから、内密に命を受けた俊熙がやって来たとのこと。

「――というわけだから凛月、私と一緒に国へ帰ろう。国外追放処分は、すでに撤回されている」

俊熙は、子墨へ真っ直ぐに問いかけた。

「どうして、わたくしだと……」

「私が、凛月に気付かぬわけがないだろう？」

離宮の乗車場で一目見たときからわかっていたと、俊熙は笑う。

「大変有り難いお言葉ですが、わたくしは一度は国を追われた身です。それに、神託で次期豊穣の巫女に選ばれたのは桜綾様ですから」

「あれは、凛月を国に居られなくするための濡れ衣だったのだ。加担した者は、すでに処罰されている。それと、神託で豊穣の巫女に選ばれたのは桜綾と凛月の二人だった」

「えっ？」

「礼部尚書が認めた。宮殿内で無用な争いが生まれるのを懸念し、高官の娘である桜綾を選んだと。結局争いになったのだから、無意味だったがな」

「…………」

俊熙は苦い笑みを浮かべ、凛月は黙ったまま。

ただ、時間だけが過ぎていく。

峰風は、凛月の心中を推し量っていた。

自分も豊穣の巫女に選ばれていたなど、想像もしていなかったようだ。驚きと困惑の様子がひしひしと伝わってくる。

峰風からすれば、選ばれて当然としか思わなかったが。

普通に考えれば、このまま生まれ故郷に帰るべきなのだろう。

権力争いに巻き込まれていなければ、月鈴国の豊穣の巫女だったのだから。

しかし、凛月はすでに華霞国の豊穣の巫女として迎えられている。

急に巫女がいなくなれば国中に動揺が広がり、様々な憶測も生まれる。

でも……

（一番に考えるべきは、彼女の気持ちだ。帰国の意思があるのであれば、俺が後押ししてやらねば）

凛月への想いを押し隠し、峰風はひっそりと決意した。

「今のわたくしには、『巫女の従者』と『樹医の助手』という大事な仕事があります。お世話になっている方々もいます。それを置いたまま、国に帰ることはできません」

「主殿には、私のほうから説明をする用意がある。同じ巫女ならば、きっと事情を理解してくださるだろう。凛月が世話になった方たちへは、それ相応の礼をさせてもらうつもりだ」

金・物・人脈・月鈴国との貿易面での優遇等々、俊熙は淀みなく具体例を挙げていく。

皇族の一員に名を連ねる俊熙には、それを実行できるだけの実力や権力がある。

「凛月が今後も植物に関係した仕事がしたいのであれば、月鈴国でも続けられるように手配させる。国にいたときは舞の稽古が始まるぎりぎりの時間まで庭園で水やりをしていて、よく嶺依から叱られていただろう？」

「な、なぜ、俊煕様がそれをご存じなのですか？」

「ははは、どうして知っているのだろうな」

二人の親しげな様子。会話に登場する、峰風は知らない人物。

凛月との付き合いの長さの違いを、嫌でも見せつけられる。

面白くない。妬ましい。

自分にこんな感情があることを、峰風は初めて知った。

凛月へ向ける俊煕のまなざしは優しい。

そこには、恋情が色濃く見える。自分と同じ目だ。

追放の裏に隠された真実を知った俊煕が国内問題を片付け、凛月を迎えにきたことは想像に難くない。

おそらくは、次期巫女本人もしくは家族も凛月の追放に加担していて処罰されたのだと峰風は考える。

すべては、想い人を取り戻すために。

もし峰風が同じ立場だったら、きっとなりふり構わず同様のことをしただろう。

俊煕の気持ちが、痛いほど理解できた。

◇◇◇

「急なことで、すぐには考えがつかないだろう」

そう言って、俊熙はその場での回答を求めなかった。

使節団が帰国するのは、四日後。奉納舞の翌日だ。

それまでに、凛月は返事をしなければならない。

宮廷の執務室へ戻ったあと、昼餉も食べず子墨はずっと考え込んでいた。

いつもならすぐに手を付ける宮から持参した包みが、今日は卓子《テーブル》に置かれたままだ。

「後のことは気にせず、『君がどうしたいか』だけを考えればいい」

「僕の望みは変わりません。続けられるうちは、これからも峰風様の助手でいることです」

凛月の望みは、ただ一つ。峰風の助手の仕事を続けること。

巫女の職務を途中で投げ出すようなことを、するつもりもない。

「しかし、これを逃せばもう二度と国には帰れなくなると思うが……」

今までは、この国で暮らしていくために職務に励んできた。

しかし、帰国後も同じような生活が保障されているのならば、華霞国でなくてもいいのではないか？　と峰風は言う。

「……いつまでも私が傍にいると、お相手の方も嫌ですよね」

「ん？　何の話だ？」

　急な話の転換に首をかしげている峰風へ「なんでもありません」とだけ返し、子墨は昼餉を食べ始める。

　しばらく、室内は食事をする音だけが響いていた。


「峰風様！　見合いをされたと言うのは本当ですか？」

　突然、若い女が執務室に駆け込んできた。

　子墨は、驚いて包みを落とす。

　静寂を破ったのは、以前子墨が睨まれたことのあるあの官女だった。

「見合いは、峰風様のご意思ではないのですよね？　わたくしのように、親から強制されて――」

「私の意思だ。強制などされていない」

（お見合いは、峰風様の意思……）

　子墨の胸がちくりと痛む。

　胸に手を当てるが、痛みはまったく緩和されない。

「わたくしでは、駄目でしょうか？　峰風様好みの女になれるよう、努力いたしますから！」

「私が心に決めた相手は、あの方だけだ」

峰風は官女ではなく、子墨のほうを見た。

「だから、あなたの気持ちに応えることは――」

目が合った瞬間、子墨は執務室を飛び出していた。

あの場に居続けるのが辛い。そう思ったら、体が勝手に動いた。

自分を呼び止める峰風の声が聞こえたが、振り返ることはできない。

今だけは、顔を見られたくなかった。

外に出て、建物裏の陰に座り込む。涙がぽろぽろと溢れてくる。

手拭いは、室内に置いてきてしまった。

仕方なく官服の袖でゴシゴシ拭うが、一向に止まらない。

(私は、峰風様が……)

なぜ今まで気づかなかったのか、自分の鈍感さには心底呆れる。

でも、自覚と同時に、望みがないこともわかってしまった。

「……子墨」

隠れていたはずなのに、あっさり峰風に見つかった。

泣き顔は絶対に見せられないから、背中は向けたまま。

「どうして、ここにいるとわかったのですか?」

「君は真面目だからな、勝手に遠くには行かないと思った」

「ハハハ……峰風様には、僕の行動はすべてお見通しですね」

それだけ、彼の近くにいたということ。

「気まずい思いをさせて、悪かったな。さあ、執務室に戻……どうして、泣いているんだ？」

「泣いてなど、いません！」

「泣いているだろう？」

「……泣いていません」

涙よ、早く止まれ！　と念じるが、なかなか止まってくれない。

「泣いていないのなら、こっちを向いてみろ」

「………………」

子墨は無言で首を横に振る。

頑なに認めない子墨に、峰風はため息をついた。

「では、そのままでいいから聞いてくれ。俺は、父上に面会してくる。今日のことを報告しなければならないからな」

「でしたら、僕も一緒に行きます！　宰相様にお願いしたいことがありますので」

執務室へ戻ってからずっと考えていた件を実行するには、宰相の協力が不可欠だ。

子墨はようやく立ち上がる。でも、まだ顔は見せられない。

「だったら、君は正直に自分の望みを話すこと。どんな選択をしようと、俺は君の味方だ。それだけは、覚えておいてほしい」

「わかりました」

峰風は歩き出す。

強引に目元を拭い、腫れぼったい顔のまま子墨もあとに続く。

赤い目で見つめる先にあるのは、見慣れた後ろ姿。

凛月を庇い守ってくれた、大きな背中。

「……私の望みは、ずっと峰風様のお傍にいることです」

凛月の小さなつぶやきは時刻を告げる梵鐘《ぼんしょう》の音にかき消され、峰風に届くことはなかった。

◇◇◇

娘は仕事から帰ってくるなり、寝台に倒れ込んだ。

様子がおかしいことに気付いた母が扉の外から呼び掛けているが、ずっと無視し続けている。

（やっぱり、最初からコレを使用すべきだったのね……）

娘の手に握られているのは、小さな硝子瓶。中には粉末が入っている。

異国から渡来してきたという秘薬は、娘が傾倒している占い師から購入したもの。

無味無臭で、使用の痕跡は残らない。薬の効果を解く解毒剤も、この国には存在しないと聞いている。

試しに使用人へ盛ってみたが、微量でも十分満足な結果を残した。

「フフッ、これで峰風様はわたくしだけのもの……」

これからのことを想像するだけで、暗く落ち込んでいた気分が高揚してくる。

娘は起き上がり、意気揚々と部屋を出て行った。

◆◆◆

満月の夜、俊熙はある屋敷の庭園にいた。

大きな池を背景に舞台が設置され、篝火が焚かれている。

これから始まる奉納舞の儀式に、巫女から直々に招待されたのだった。

通常は後宮内にある廟で行われている祭祀を今回わざわざ別の場所で行うことは、巫女たっての希望と聞いた。

俊熙としても、凛月の主である巫女と接触できる機会を逃すわけにはいかない。喜んで招待を受けた。

どう交渉しようかと頭を悩ませている俊熙のもとにやって来たのは、第三皇子の飛龍だった。

「なぜ、俊熙だけが招待されたのだ？　私も、華霞国の奉納舞をぜひ見てみたいぞ」

成人したばかりの飛龍は、月鈴国でもまだ観覧の機会を与えられていなかった。

「おまえは、またそんなわがままを……来訪日を前倒しして、関係各所へどれだけ迷惑をかけたのか理解しているのか？」

「あれは、仕方なかったのだ。でも、そのおかげで珠蘭様には喜んでもらえた」

無邪気に笑う従兄弟に悪気は全くない。まだ精神的に幼いだけだと俊熙は理解している。

他の従者がいない場所では、二人は気安い関係を構築していた。

俊熙は、自分を慕ってくれている年下の皇子を指導する、兄貴分のような存在だ。

「大体、一国の皇子を簡単に招待できるわけがないだろう？　警備の面でも、余計な人員が必要になる。わかったら、屋敷でおとなしくしていろ」

時間になったので、俊熙は席を立つ。飛龍はまだ不満そうな顔をしているが、かまわず部屋を後にする。

始めから、奉納舞には一人で行くつもりだった。

凛月のことは、信頼のおける側近しか知らない極秘事項。

急すぎる話のため、凛月からの返答はまだ来ていない。

明日には帰国するため、できることなら今日直接巫女から凛月の身柄を譲り受ける許可を得たかった。

舞台の前で俊熙を出迎えたのは、峰風だった。

「本日は、私が同席させていただきます」

「よろしくお願いします。ところで、こちらにおられるのは峰風殿だけなのですね。助手殿は、一緒ではないのですか?」

「まだ、ここにはおりません」

「そうですか」

『まだ』と言うなら、あとで来るのだろう。

俊熙は、用意された席に座った。

「それにしても、こちらは立派なお屋敷ですね?」

「ここは、さる皇族がお住まいでして、本日はご厚意で庭園をお借りしております」

「それは、すごい」

初めて国に豊穣の巫女を迎えただけあり、皇族も巫女には敬意を払っているようだ。

舞の名手と噂される巫女が、どのような奉納舞を舞うのか。

自身も舞を嗜《たしな》む俊熙は、期待しながら静かに待つ。

しゃりんしゃりんと鈴の音を響かせながら、巫女が背の高い従者を一人伴い現れた。

身に纏っているのは、華霞国の伝統的な衣装。

月鈴国のような領巾《ひれ》は身に着けておらず、頭に被った面紗《ベール》に鈴が取り付けられている。

巫女は舞台に上がると、二人へ揖礼《ゆうれい》をする。

満月の光の下、奉納舞が始まった。

◆◆◆

峰風にとっては、待望と言うべき二度目となる奉納舞の鑑賞。

しかし、隣の人物の様子が気になって、純粋に楽しむことができない。

俊熙は最後まで言葉を発することはなく、ただ舞台をじっと見つめていただけだった。

奉納舞が終わり巫女が再び揖礼《ゆうれい》をしても、俊熙は動かない。

「奉納舞は、いかがでしたでしょうか？」

ぼんやりしている俊熙へ、峰風は声をかけた。

「……巫女様と、少し話をしたいのですが」

「わかりました」

峰風が浩然へ合図を送ると、巫女が舞台から降りてきた。

「我が国の豊穣の巫女である、欣怡様でございます」

「初めまして――ではないな。凛月、まさか君が華霞国の豊穣の巫女様だったとは」

「どうして、わたくしとわかったのでしょうか？　面紗《ベール》を被っておりますのに」

「君の舞い姿を、どれだけ見てきたと思っているのだ。体の動き、足の運び……一目見れば凛月だとすぐにわかる」

当然とばかりに、俊熙は言い切った。

その言葉には深い愛情が満ちあふれ、見ているだけで峰風は胸が苦しくなる。

「凛月、もう一度だけ問う。私と、月鈴国に帰らないか？」

「申し訳ございません。わたくしは、華霞国の豊穣の巫女でございます。この国で巫女の力が失われるまで務めを果たし、天寿を全うする所存です」

凛月の返答に、一切の迷いはない。

宰相からの問いかけにも、凛月は同様に答えていた。

自分が華霞国の豊穣の巫女であることを示すために、俊熙が祭祀に参列できるよう手配をお願いしたのだった。

「……凛月は少々頑固なところがあるから、考えは変わらないのだろうな」

ハア…とため息をつき、俊煕は満月を見上げる。

「それにしても、噂とは当てにならないものだな。華霞国の豊穣の巫女様は、我が国の巫女と同じ容姿だと聞いていたのだが」

「あの……俊煕様、その噂は本当のことでございます」

浩然の手によって、簪《かんざし》で留められていた面紗《ベール》が外された。

現れたのは、銀髪姿の凛月だった。

凛月は昨夜、峰風の仮説を検証した。前日に奉納舞を舞わなくても姿が変化するのか確認をするためだ。結果はこの通り。

これで、新月の日には姿が戻り、満月の日には巫女の姿となることが、新たに証明された。

黒髪ではなく銀髪姿の凛月に、俊煕は目を見張る。

「ハハハ、あの方の仰る通りだった……」

「俊煕様？」

「私は……ただ、待っていればよかったのだ」

膝から崩れ落ちた俊煕を、峰風が慌てて支える。

ふらふらと足元が覚束《おぼつか》ないほど落ち込んだ俊熙を、凛月はただ見つめるしかなかった。

離宮の庭園を、二人の人物がゆっくりと歩いていた。

一人は俊熙。もう一人は、俊熙から「二人だけで話したいことがある」と直々に指名を受けた峰風だ。

話があると言った俊熙だが、一向に口を開く気配がない。

このままでは、乗車場に着いてしまう。

馬車には双方の従者が待機しているため、二人きりで話をすることができなくなる。

こちらから声をかけるべきか。

峰風が様子を窺っていると、俊熙が突然足を止めた。

「今から口にすることは、すべて私のひとりごとです。峰風殿は、たまたま隣を歩いていて偶然耳にしてしまっただけ」

それだけ言うと、俊熙は再び歩き出した。

「……凛月が国外追放されたのは、私のせいなのです」

「!?」

「私は、凛月が豊穣の巫女に選ばれると信じて疑わなかった。だから、言ってしまったのです。『次期巫女を、妻に迎えるつもりだ』と」

◇◇◇

俊熙は焦っていた。

自分の年齢からみて、いつ許婚を決められてもおかしくはない。

しかし、心に決めた相手は凛月ただ一人。

周囲にそう宣言すれば無理やり相手を押し付けられることはなく、あとは凛月が豊穣の巫女になるのを待つだけ。

ところが、選ばれたのは別の人物だった。

「彼女は高位官吏の娘です。きっと、何か裏があると思いました」

調査を始めた俊熙は、凛月が国外追放処分になったことを知る。

処分の撤回を求めて、祖母である皇太后へ会いに行った。

「どうか、お祖母様のお力で凛月を助けてください!!」

「わたくしにできることは、凛月を安全に第三国へ送り届けることだけです」

皇太后によると、皇族への不敬罪でも処罰を受けるところだったとのこと。

それは撤回させたが、国外追放処分については口を出さなかったと言う。

「なぜですか？　凛月は、何も罪を犯していないのに……」

「彼女の命を守るためです。このまま国に居れば、いずれ命を落とすかもしれません」

「凛月は私が守ります！」

「このような事態になったのは、あなたが不用意な発言をしたからですよ。わたくしは、何度も申し上げました。凛月を伴侶に望むのであれば、時機が来るまで待ちなさいと」

勝手な行動はせず、凛月への接触もしない。俊熙は、たしかに皇太后から言われていた。

「それなのに、私は待てなかった。そして……凛月を失った」

「…………」

俊熙へどんな言葉をかけるべきなのか、峰風にはわからない。

もし自分だったら、待つことができたのだろうか。

「峰風殿に、率直にお尋ねしたい。あなたは、凛月のことをどう思っておられますか？」

「……凛月が帰国を希望するなら、後押しをしようと思っておりました。生まれ育った国で暮らすほうが、彼女のためであると。しかし、凛月はこの国で生きていくことを選びました。それを聞いて……私は嬉しかった」

「つまり？」

「凛月を、これからも守ってやりたい。できることなら、私が幸せにしたいと思っています」

俊熙の目を見て、峰風は答える。

ここで自分の気持ちを正直に話さないのは、俊熙に対し失礼のような気がした。

「凛月は、この国で穏やかに暮らしているようですね」

「そうでしょうか？」

峰風の助手になったことで、凛月は様々な騒動に巻き込まれている。

自分が勧誘しなければ良かったのではないか？

その考えが、峰風の頭を離れることはない。

「顔を見れば、すぐにわかりますよ。凛月は、表情に出やすいですから」

「ハハハ、たしかに……」

「どうか、これからも凛月を守ってやってほしい。峰風殿になら、安心して任せられます」

想い人を、他の男に託す。

その心情を、峰風が推し量ることはできない。

「かしこまりました」

——ただ、託された願いを引き受けることしか。

◆◆◆

月鈴国の使節団が帰国し、凛月はこれまでと変わらない日常を送っていた。

延期されていた最後の一人との見合いが来週行われることが決まり、これで希望者全員と面会を終えることになる。

宰相は、無理に相手を決める必要はないと言ってくれた。

しかし、この中から相手を選ぶのが最善策だと凛月は考える。

国が巫女の伴侶として相応しいと選出した者たちだから、誰を選んでも無用な争いは起こらないだろう。

神託で豊穣の巫女に選ばれながら国外追放となった凛月は、これ以上宮廷内の権力争いに巻き込まれることを望んでいない。

◇◇◇

「暑い……ですね」

「まあ、そういう時季だからな」

子墨は、峰風と外廷を歩いていた。

後宮ほどではないが外廷にも所々に木々が植えられ、小ぢんまりとした庭らしきものが幾つか存在する。

外廷で働く者たちの憩いの場を守るのも、樹医の務めなのだ。

「一度、水やりをしたほうが良さそうだな」

「そうしていただけると、この子たちも喜びます」

木々の状態を確認した峰風は、水やりを決定する。

外廷に宦官はいないため、下働きの下男・下女たちが動員されることになった。


翌日、水の入った桶とひしゃくを手にした者たちが外廷で水やりをしている。

作業に問題はなく、子墨と峰風は各所の見回りを終えた。

執務室のある建物の前でも、日除けの笠を被った下女が作業をしている。

その横を通り過ぎようとした子墨だったが、急に足を止めた。

付近の木や草たちの様子が、何かおかしいと気付いた。

「どうかしたのか？」

「ちょっと、気になることがありまして……」

子墨は、水やりをしている下女へ顔を向けた。

「あの、その桶の中を見せてもらえませんか？」

「……………」

下女は作業の手を止めたが、何も言わない。

「桶の中身が気になるのか？　見たところ、ただの水のよう――」

峰風が下女に近づいたときだった。

下女がひしゃくを投げ捨て桶を抱えたのと、子墨が峰風を勢いよく突き飛ばすのはほぼ同時。

峰風は遠くへ転がり、桶の水が子墨に浴びせられる。

頭から水を被り、びしょ濡れだ。

「ゴホッ、ゴホッ……」

「大丈夫か！」

「少し水が口に入っただけです。問題ありません」

子墨はすぐに立ち上がる。

逃げようとした下女は、峰風が捕まえていた。

「どうして、わざと水をかけた？」

追及されても下女は何も答えず、手を振り解こうと必死に暴れる。

「峰風様、水が掛かっただけです。暑かったので、ちょうど良かっ……」

突然、子墨が両手で顔を覆う。

「どうした？」

「急に体が…熱くな……」

手の隙間から滴《したた》り落ちてきたのは、血だった。

子墨はそのまま倒れ込む。

「子墨！」

峰風はとっさに手を伸ばしたが、届かない。

あわや地面に激突する寸前の体を身を挺して庇ったのは、見知らぬ官女だった。

駆け寄ってきた官吏の男が子墨を素早く抱きかかえ、走り出す。

「待て！　どこへ連れて行く!!」

「……ご安心ください。わたくしたちは巫女様の護衛でございます。あとのことは、お任せください」

答えたのは、先ほどの官女。

隙を見て逃げ出した下女は、下男が取り押さえていた。

官女と二人で、すぐに連行していく。

周囲に知られる前に、あっという間に騒動は沈静化している。

一人残された峰風は、呆然と佇むしかなかった。


その日の夜更けに、劉帆が屋敷へ戻ってきた。

父の帰宅を待ちわびていた峰風は、急いで私室に駆けつける。

「父上！　凛月の容体は？」

普段であればまず挨拶をする息子が、何もかもすっ飛ばして父に詰め寄る。

「落ち着け。巫女様はご無事だ」

「しかし、血が……水の中に、毒物が混入されていたのでは？」

峰風には、子墨が吐血したように見えた。

しかも、狙われたのは明らかに自分。

子墨は峰風を庇って水を浴びた。

凛月に万が一のことがあれば……峰風は気が気ではなかった。

「水に入っていたのは、異国の『惚れ薬』だ」

「惚れ薬、ですか？」

予想外の中身に、峰風はキョトンとなる。

「医官によると『催淫薬《びやく》』と『催眠鎮静薬《すいみんやく》』を混ぜ合わせたものらしいが、巫女様には少々刺激が強かったようだ。それで、鼻から……」

つまり、吐血ではなく鼻血だったということ。

峰風は安堵で、一気に体の力が抜けた。

「解毒薬を投与され、薬の影響はなくなっている。念のため数日の間は助手の仕事を休ませるから、そのつもりでいろ」

「わかりました。それで……私を狙った者は誰だったのですか？」

「吏部侍郎の娘だった。下女に扮し、おまえの顔に水をかけ薬を飲ませようとしたようだ」

峰風は、執務室にやって来た娘の顔を思い浮かべる。

一年程前に武官に絡まれているところを助けてから、執拗に峰風へ執着していた。

「……このような騒動が起きたからには、私は巫女様との見合いは辞退させていただきます」

事件が公《おおやけ》になれば、様々な噂が立つだろう。

『吏部侍郎の娘を捨て、巫女の婿になることを選んだ』

『痴話喧嘩の末に、騒動を起こした』

いくらでも思い浮かぶ。

峰風にやましいことは一切ない。

それでも、口さがない者たちが在りもしないことを並べ立てる。皆が事実だと思い込む。

宮廷とは、そういう場所だ。

自分のことだけであれば、これまでと同様気にしない。相手にしない。

好きなように言わせておく。

しかし、見合いをすれば巫女にも害が及ぶかもしれない。

凛月に迷惑を掛けるかもしれない。

峰風は、それを恐れた。

「騒動といっても、桶を持った下女が転び、たまたま近くを通りかかった巫女様の従者に誤って水をかけてしまっただけだ」

「えっ？」

「本来であれば、下女は処罰される。だが、巫女様の慈悲によって罰は免除されるだろう。身分の低い者へも心を配られる、お優しい方だからな」

「…………」

「そうそう、吏部侍郎の娘だが、重い病により地方で療養させると本日届け出があった。もう二度と、都に戻ることはないそうだ」

「そう……ですか」
劉帆と吏部侍郎の間で何らかの取引があったことは、容易に想像ができる。
父は、あらぬ噂話から息子の名誉を守るため。吏部侍郎は、己の保身と家のため。
双方の利害が一致した結果なのだろう。
劉帆が決めたことに、峰風が異議を唱えることはできない。
粛々と受け入れるのみ。
母の春燕と入れ違いに、峰風は部屋を出ていった。

◇◇◇

数日後、峰風は、離宮の控え室で待機していた。
延期になっていた見合いが、ついに行われる。
今日も峰風は正装をしている。凛月にお似合いですと言われた、あの衣裳だ。
巫女の準備が整ったと、中年の侍女が呼びにきた。
一度深呼吸をし、峰風は席を立った。
「峰風様！　またご心配をおかけして、申し訳ございませんでした」
峰風を見るなり、凛月は深々と頭を下げ謝罪した。

前回と同様に、今日の見合い相手が峰風だとまだ気付いていない。後ろに控える瑾萱が、意味深な笑みを浮かべている。

こちらに何かを伝えようとしているようだが、峰風にはさっぱりわからない。

ひとまず、この状況のまま話をすることにした。

「体の具合は、どうだ？」

「医官様が投与してくださった薬のおかげで、すぐに良くなりました。私は早々に仕事へ復帰するつもりだったのですが、皆に止められまして……」

「当たり前だ。君は、巫女様なのだからな」

以前と変わらない様子の凛月に、峰風は心の底から安堵する。

無事とは聞いていたが、面と向かって確認をするまでは安心できなかった。

「桶の水があまり綺麗ではなかったようで、少し飲んだだけなのに体がおかしくなってしまいました」

「……そうだったのか」

「私が急に声をかけたので、下女が驚いて水をかけてしまったと聞きました。処罰されないよう、宰相様へお願いしておきました」

「巫女様からの申し出だから、おそらく下女は罪には問われないと思う。とにかく、君が無事で何よりだった」

どうやら、騒動の一切が凜月には秘匿されているようだ。

峰風はすべての事情を知っているが、話を合わせた。

「そういえば、医官様の薬はあの子たちから作られたものだったのです！」

「あの子たち？」

急な話題の転換をした興奮気味の凜月に、峰風は首をかしげる。

「市場で、峰風様が回収された植物《あの子》たちですよ！　処分されずに、今も元気に育っていました!!」

医官から話を聞いた凜月が面会（？）を希望し、彼らと感動の再会を果たしたとのこと。

凜月と初めて出会ったときに、市場で回収した異国の毒草。

梓宸には強力な解毒薬になると伝え、その後の判断は任せた。

それが、凜月の希望通り医官に託され今回に繋がったのだ。

（いま思えば、あの出会いは必然だったのだろうな……）

凜月が国外追放をされたから。

峰風が担当外の仕事を押し付けられたから。

二人は出会うことができた。

「峰風様が騙されてしまうと思って、横から声をかけたのでしたね」

「俺以外にも偽物と見破れる者がいたと、あのときは驚いたな」

「ふふふ、まさか任務中とは思いもしませんでしたが」

懐かしさで、つい昔話に花が咲く。

和やかな雰囲気でいつまでも話を続ける二人の間に割って入ったのは、侍女だった。

「……ゴホン。畏れ入りますが、そろそろ本題をお願いいたします」

すっかり存在を忘れていたが、この部屋には瑾萱と浩然もいた。

痺れを切らした瑾萱の、遠慮のない非難の視線が峰風へ注がれる。

母のような鋭い圧に、そっと目をそらした。

「本題とは、なんの話？」

「ハア……凛月様、今日は何をする日でございますか？」

「あっ、お見合い……」

どうやら、凛月はお見合い自体を忘れていたらしい。

きらきらと輝いていた表情に、一瞬で憂いが帯びる。

峰風の前では、どうしても巫女らしく取り繕うことはできないようだ。

「……峰風様、本日はありがとうございました」

「まだ、終わってはいないぞ。瑾萱の言う通り、今からが本題だ」

「？」

立ち上がり見送りの姿勢をとった凛月へ、しっかり目線を合わせる。

「では改めて、巫女様へご挨拶をさせていただきます。私は、胡峰風と申します。宮廷では、第一皇子殿下の下《もと》で樹医という職に就いております。歳は二十で、兄が二人おります。父は、宰相の胡劉帆でございます」

「えっと……」

突然遜《へりくだ》った態度へと変わった峰風に、凛月が戸惑っている。

「この場合は、『よく存じ上げております――』と、巫女らしく返せば良いのでしょうか？」

今度は、礼儀作法の練習だと思ったようだ。

やはり、見合いの挨拶だと気付いていない。

「凛月様！　お見合いのお相手へ、きちんとご挨拶を返してくださいませ!!」

瑾萱が、堪らずに叫ぶ。

この鈍い主には、遠回しの表現はまったく通じていなかった。

「えっ、峰風様がお見合いの相手？　でも、別の方とお見合いを……」

「そのお見合いが巫女様の急病で延期となりましたので、本日改めて参上しました」

峰風は、真面目に答える。

「……でも、峰風様のお相手は胡家にふさわしい身分をお持ちの、性格は穏やかで優しくて大変見目麗しい方だと」

「『巫女という』高位の身分をお持ちで、『植物を慈しみ、美味しいものを食すことを大層好まれる』性格は穏やかで優しく、『黒髪・黒目と銀髪・紫目の』大変見目麗しい方です」

「でも、瑾萱もよく存じ上げていると……」

「『お仕えしている』瑾萱は、当然よく存じ上げているはずですが？」

「で、でも……峰風様が心に決められた相手は……その方だけだ……と」

凛月の声が震える。徐々に小さくなっていく。

「俺がこれからも傍にいたい、守りたい、幸せにしたいと思うのは凛月……君だけだ」

「……も……」

最後は、言葉になっていなかった。

「ハハハ……これは困ったな。今日は、菓子は持参していないぞ」

「峰風様、わたくしが用意いたしますので、凛月様をお願いいたします」

「わかった」

瑾萱の後に続いて、浩然も部屋を出ていく。

峰風は、立ったまま泣いている凛月へ手拭いを渡した。

「巫女様は、もっと威厳を保つべきじゃないのか？」

「……峰風様…の前で……は……ただの……凛……月で……す」

「また、俺が泣かせたのか？」

「……私を泣か…すのは…峰風様……だけで…すから」

「これからも、泣かすかもしれないぞ」

「……嬉し涙なので…問題ありま…せん」

手拭いで半分以上顔を隠した凛月が、峰風を見上げる。

「あの……」

「どうした？」

「……私で、本当に良いのでしょうか？」

潤んだ瞳が、不安げに揺れている。

一歩踏み出し、峰風は小さな体を抱きしめた。

髪の香り、伝わる体温、鼓動、息遣い。すべてが愛おしい。

「俺は、君が良いんだ。君こそ……俺でいいのか？」

「私の望みは、これからもずっと峰風様のお傍にいることです」

「そうか……」

「助手としても、これからも傍にいていいですか？」

「ああ、よろしく頼む」

「はい!」

紫水晶が、きらりと輝いた。

◇◇◇

巫女が伴侶として宰相の三男を選んだと、国から正式に発表がなされた。

これから時間をかけて、婚約と婚姻の手続き・準備が進んでいく。

先駆けて宮殿に隣接する古い離宮を取り壊し、新たな離宮の建設が始まっている。

そこが、巫女の新たな住まいになるとのこと。

「巫女様がお住まいになられるところだから、国が威信をかけて立派なものをつくるだろうな」

「なんだか、大仰なことになっていますね」

「ハハハ……峰風様もお住まいになられる場所なのに。それに、従者の子墨くんだってそうでしょう?」

二人の会話に、秀英が苦笑している。

当の本人なのに子墨(凛月)も峰風もどこか他人事なのは、秀英がいるからではない。

ただ単に、実感がわかないだけだった。

周囲は、梓宸を筆頭に祝福ムードになっていた。

欣怡の宮には献上品が、胡家の屋敷には今後を見越した思惑が見え隠れする祝いの品が続々と届いている。

そんな中、二人は樹医と助手として今日も仕事に励むのみ。

「秀英には、これからは指導者としての活躍を期待しているぞ」

「しかし、私が官吏・官女の方を指導するなど……」

秀英が視線を向けた先にいるのは、熱心に事務処理をしている若い男女。

峰風の執務室には、人員が二人増えていた。

主に、事務処理の補助と部屋の雑用を担う者たちだ。

しかし、彼らはただの官吏・官女ではない。

その正体は――

◇◇◇

数日前、峰風は父のお供で老翁の屋敷を訪れていた。

奉納舞を俊熙へ披露するために、快く庭園を提供してくれた礼を述べるためだった。

形式的な挨拶は、すぐに終わる。

峰風は、すぐにお暇《いとま》する予定だった。ところが、老翁から直接声をかけられた。

劉帆を応接室に残し案内された部屋にいたのは、十数名の男女。

その中には、水やりのときに子墨を助けた官女や官吏・下男がいた。浩然や、桑園で出会った男の姿も。

「彼らは、すべて巫女様の護衛じゃ」

「では、桑園で子墨を救出してくださったのも……」

老翁は、大きく頷く。

そこで語られたのは、第一皇子でさえ知らない刑部の秘密部隊のことだった。

巫女を守るためだけに存在しているとの話に、峰風は驚きを隠せない。

「これまでは気付かれぬよう陰から守っておったが、どうも後手に回ってしまってな、歯痒い思いをしておったのじゃよ」

桑園でも水やりのときも、一歩間違えば巫女は命の危険さえあった。

そのため、この状況を改善すべく峰風へ正体を明かし、協力を仰ぐことにしたのだと言う。

老爺はすべて知っていた。

凛月が月鈴国で追放されたこと、子墨が巫女であることを。

巫女との面会を望んだが、前皇弟である身では後宮妃や宦官と会うことはできない。

そこで、老爺は策を講じた。

梓宸の従者として私邸にやって来るように仕向けたのだ。

巫女と大っぴらに会うために。話をするために。

「今後は、巫女様の身近に彼らを配置する。ただ、護衛対象は巫女様だけでなく、おまえさんも入っておるぞ」

「なぜ、私もですか？」

「わからぬか？　おまえさんは、巫女様が身を挺して守ろうとした大事な人じゃからな。何かあっては、国の存亡にもかかわる」

老翁は「仲睦まじいのは大いに結構じゃ！」と真面目な顔で言う。峰風は面映《おもは》ゆいやら居たたまれないやらで、身の置き所がない。

そわそわと落ち着きがなくなった峰風に、老翁はまた豪快に笑ったのだった。

老翁によれば、二人は官吏と官女の身分を持っており、仕事ができて腕も立つとのこと。

峰風としても、自分はともかく凛月の身を守ってくれる者が身近にいるのは心強い。

彼らの正体を知っているのは、峰風だけ。凛月にも教えないようにと言われている。周囲に気を遣わず、巫女にはこれまで通りのびのびと生活をしてもらいたいと老翁は語っていた。

「子墨さん、掃除はわたくしたちがやりますので」

「どうぞお気遣いなく。これは僕の仕事ですから」

「でしたら、せめて一緒に……」

「僕は、まだまだ事務仕事は覚束ないのです。できる方にやっていただいたほうが、早く終わりますし」

「ですが……」

（彼らからすれば、巫女様に掃除などさせられない！　と思っているのだろうな……）

何も事情を知らない少年宦官（巫女）に振り回される、官吏と官女（に扮した護衛）。

困り果てた彼らが助けを求める（視線を送る）のは、もちろん峰風だ。

「子墨、君も先輩として、後輩へ仕事を教えなければならないぞ」

「えっ？　僕が先輩ですか？」

「先輩が仕事を教えてやらなかったら、後輩はどうやって覚えるんだ？」

「たしかに、そうですね。では、一緒にやります」

「ああ、しっかり頼んだぞ」

「お任せください！」

子墨は、張り切って雑巾の絞り方の説明を始めた。

黒目がちの瞳を見れば、やや興奮しているのがわかる。きっと、『先輩』という響きが気に入ったのだろう。

月鈴国にいたときには年下の巫女見習いたちが大勢いたが、指導するのは師匠のみ。

凛月は、ただ見守っているだけだった。

だから、彼らが（直接指導する）初めての後輩になる。

「あの……峰風様、明日の中秋節のことですが」

「君は、宮の手伝いで仕事を休むのだろう？」

「はい。それで……峰風様はどうされるのか？　と、欣怡様が」

どうやら、凛月は峰風の明日の予定が知りたいようだ。

「俺は巫女様の許婚という扱いになるらしく、明日は高官側ではなく梓宸殿下の後ろに控えることになった。奉納舞がよく見える席にいると、欣怡様には伝えてくれ」

峰風は巫女の伴侶に選ばれたが、婚約の手続きは始まっていない。

正式には、二人はまだ許婚同士ではないのだ。

「わかりました。そう、伝えておきます」

にこりと微笑むと、子墨は窓拭きに着手した。

手を動かしつつ一緒に鼻歌も口ずさんでいるのか、峰風の耳にまで届いてくる。

「本当に仲がよろしいのですね。ところで、巫女様とはどのような方なのですか？噂では、銀髪・紫目のとても見目麗しい御方だと聞いておりますが」

「祭祀のときは豊穣神の化身らしい威厳をお持ちだが、それ以外は『よく食べ・よく泣き・よく笑う』ごく普通の方だな」

「峰風様、女子《おなご》に『普通の方』は褒め言葉ではないそうですよ」

私も昔、女房に叱られましたと秀英は笑う。

「ハハハ、『普通の方』は俺が言った言葉ではない。ご本人がご自身を評して仰ったことだ。俺は、『非常に可憐で愛らしく、ずっと傍でお守りしたい大切な方』だと思っている」

秀英へ嘘偽りのない本心を述べたところで、峰風は子墨の鼻歌が聞こえないことに気付く。

何気なく顔を向けると、子墨の手が止まっていた。

よく見ると、耳が真っ赤だ。

「そ、そうだ！　僕は外回りを掃除してきますね！」

峰風の顔を一度も見ることなく、子墨は部屋を飛び出していく。

「わたくしも、行きます！」

官女が、慌ててあとを追いかけていった。

「子墨くんは張り切っていますね。　私も負けていられません」

「そうだな」

秀英は、部屋に残った官吏と事務処理を始めた。

人が増え少々手狭になった執務室で、峰風も仕事を再開する。

——可愛らしい反応を示した凛月の姿を思い出し、緩みそうになる表情筋を必死に抑えながら。

◇◇◇

廟の周囲は、これまでと違い喧騒に包まれていた。

今までずっと秘されていた奉納舞が鑑賞できるとあって、宮廷内は中秋節の噂で持ちきりだった。

石畳の上に設置された舞台を取り囲むように座席が配置され、祭祀が始まるのを観客が今か今かと待ちわびている。

上座に座しているのは、皇帝とその後見人である老翁。

次に、宰相ら国の重鎮、第一・第二皇子、後宮妃たちが続く。

時間となり、巫女が廟から出てきた。

身に纏っているのは華霞国の伝統的な衣装…ではなく黒装束。手には模造刀。

頭には面紗《ベール》の代わりに、目の部分だけが開いた頭巾を被っている。

奉納舞を舞うとは思えない異様な雰囲気に皆がざわつくなか、巫女は舞台に上がりゆっくりと揖礼《ゆうれい》。

そして、刀を構えた。

この場に響くのは、刀の風切り音と巫女が躍動する音のみ。

あいにく、月は風で流されてきた雲によって隠れてしまっているが、誰も意に介さない。

「あのときも迫力に圧倒されたが、これこそが本当の剣舞というわけか……」

梓宸のひとりごとに頷きながら、峰風は端午節《たんごせつ》のときより更に荒々しく勇ましい剣舞に見入っていた。

あの小柄な体から繰り出される力強い舞を見ると、凛月がこれまでどれほどの研鑽を積んできたかがわかる。

巫女が刀を大きく振り下ろし一回転すると、月がようやく雲から顔を出した。

次の瞬間、月明かりの下に現れたのは神々しい姿で微笑む巫女の姿。

頭巾と黒装束を脱ぎ捨てた早着替えに、観客から「おおっ！」とどよめきが起きる。

峰風には、まるで豊穣神が地上に降臨したかのように見えた。

一息つくことなく、奉納舞へと続く。

優雅な所作で、巫女が可憐に舞い踊る。

今日は一段と美しい。舞に、さらに磨きがかかったようだ。

凛月によれば、中秋節の奉納舞は三つの舞から構成されているとのこと。

すべての厄を払い、五穀豊穣を祈念し、豊穣神への感謝へと続く、中秋節用の特別な舞。

（ん？　何かが光っているのか？）

それは、最後の感謝の舞のときだった。

峰風の場所からは、巫女が天に掲げている両手がよく見えた。

左手の証が発光し、どんどん輝きを増している。

やがて光は夜空へ舞い上がり、国全土へ散らばるように広がったかと思うと一瞬にして消えた。

この場にいた者だけが目撃できた、あっという間の出来事。

その後、華霞国で再び飢饉が起こることはなかった。

豊穣の巫女が起こした奇跡として、未来永劫語り継がれていく。

◆◆◆

中秋節から数日後、凛月と峰風の姿は市中にあった。

ひとまず重要な役目を終えた凛月を労《ねぎら》うべく、峰風が宰相と交渉し外出許可をもぎ取ったのだ。

「凛月、食べたい物があれば何でも言ってくれ」

「それが、いろいろと目移りして、なかなか決められません……」

都の目抜き通りを歩く凛月は、目に入るものすべてが気になって決めかねていた。

「父上に無理を言って特別に許可をもらったから、そう長居はできない。君が決められないのなら、俺が選んでしまうぞ」

「では、それでお願いします。私は、峰…あ、あなたにお任せします」

つい癖で、本当の名を呼んでしまいそうになる。

呼び慣れない言葉に照れ、顔は真っ赤だ。

外出するにあたり宰相から出された条件は、二人共に絶対に正体を知られないことだった。

凛月は、もちろん巫女であること。子墨であること。

今日は平民服を着ている。

久しぶりに袖を通したが、やはりこちらの方がしっくりくる。

峰風は、峰風であることを隠す必要があった。

巫女の婿に決まった男が、市井で別の女子《おなご》と街歩きをしているところを他の官吏・官女に目撃されたら一大事。

というわけで、峰風も平民服を着て、さらに眼鏡をかけて変装している。

二人は商家の夫婦という設定だ。

「フフッ……」

「笑わないでください！　これでも、頑張っているんです‼」

「すまない。君から『あなた』と言われると、何かくすぐったくてな」

「⁉」

凛月に向ける峰風のまなざしが優しい。

以前からそうだったが、最近特に強く感じる。

瑾萱に話したら、「お互いが、自覚されたからではないですか？」とあっさり言われてしまった。

いわく、自分たちが気付いていなかっただけで、瑾萱から見れば以前から甘々な雰囲気だったと。

もう一つ変わったことがある。

一緒に歩くときに、峰風が歩調を合わせてゆっくり歩いてくれるようになったのだ。

凛月が不思議に思っていたら、峰風が理由を明かしてくれた。

母の春燕から、教育的指導を受けたとのこと。

「あなたのお父様は、最初から合わせてくれましたよ」と言われてしまえば、峰風としても頑張るしかない。

最終的に二人が入ったのは、個室が備えられたやや高級な部類に属する食事処だった。

今日も、巫女には護衛が付いている。

彼らから、なるべく不特定多数の人が行き交う場所での食事は避けてもらいたいと峰風は要望を受けていた。

それを酌《く》んだ形だ。

「君に、渡したい物がある」

料理の注文を終えた峰風が取り出したのは、小さな箱。

促されるまま凛月が蓋を開けると、中に入っていたのは翡翠の腕輪だった。

「わあ！　素敵ですね!!」

所々に仙人掌《サボテン》の翠に似た色も交じる、綺麗な腕輪。

凛月は一目見て気に入った。

「これは、俺個人から凛月への贈り物だ」

「えっと、何か違うのですか？」

強調されたが、どういうことなのかいまいち理解できない。

峰風からの贈り物は、すべて彼からの贈り物だと思うのだが、違うのだろうか。

「婚約や婚姻のときにも巫女様へ装飾品を渡すが、それは『胡家から欣怡への贈り物』になる」

「あっ、なるほど……」

「おそらく、もっと高価な品になると思うが、それは俺が選ぶものではない」

国と胡家で話し合って、巫女に相応しい品を製作し献上する形になると峰風は言う。

だから、その前に自らが選んだ物を贈りたかったとのこと。

「我が家では、代々妻となる人へ翡翠の腕輪を贈る慣習があるのだ。その…夫婦揃いのな」

袖を捲った峰風の手首には、同じ腕輪があった。

「先に言っておくが、これは母上の入れ知恵ではないぞ。俺が、どうしても凛月に贈りたかった」

「ありがとうございます！　嬉しいです!!」

また涙が出そうになるが、今日はグッと我慢する。

変装するために施してある濃い目の化粧が崩れたら、目も当てられない。

必死に涙を耐えている凛月に代わって、峰風が手に通してくれた。

「ふふふ、ひんやりとして着け心地がとても良いです。子墨のときも、袖の下に隠してずっと身に着けておきますね」

「気に入ってくれたのは嬉しいが、助手と揃いの腕輪か……誰かに見られたら、また変な噂が流れそうだな」

「私は、気にしません！」

無事に涙が止まったところで、注文した料理が運ばれてきた。

凛月と峰風はたくさん食べ、たくさん話し、たくさん笑った。

「ついでだから、ここで仕事の話もしておこう。正式な発表はまだだが、来月巫女様の遠方公務が決まった。今度は『島』へ行く」

「島ということは、船に乗るのですか？」

「そういうことになるな。訪問するのは属国の島で、川を下って海へ出るから前回よりも長旅になるぞ」

その島に、樹齢何千年といわれる老木が自生している。現地の人々が、島の守り神だと崇めている大切な木だ。

それが、暴風雨による飛来物の影響で枝が数か所折れ弱っている。

巫女の力で元気な姿に戻してほしいとのこと。

「巫女様のご威光を属国へも知らしめるために、ぜひとも頼むと皇帝陛下からのお言葉があったそうだ」

「ハハハ……」

いつもの無理難題を押し付けられたのだと、凛月はすぐに察する。

「その島には俺も行ったことはないが、殿下によると、温暖な気候の自然豊かな場所らしい」

「では、珍しい植物もありますよね？　楽しみです!!」

峰風と一緒にまた旅ができる。それだけでも、凛月の気分は上昇する。

それに加えて、初めて乗る船。見たことのない海。未知の植物や食べ物。

期待は、どんどん高まっていく。

鼻息が荒い凛月に、峰風が笑っている。

その笑顔を見て、凛月の心はぽかぽかと温かくなる。

これからも、ずっと傍にいられる。

守ってもらうだけじゃない。もっともっと、仕事のお役に立ちたい。

お互いに高め合っていける。

そう思えるのは、この人だけなのだ。

「峰風様、私はこれからもずっとお慕い申し上げます」

「ゴホッ！」

突然の宣言に、峰風が食後のお茶で噎《む》せた。

ゴホゴホ咳き込んでいる彼に、今日は凛月が手拭いを渡す番だ。

「変なことを言って、申し訳ありませんでした」

手拭いを差し出すと、指先が峰風の手に触れた。

凛月はそっと自分の手を重ねる。

「俺も、君を…………る」

凛月だけに聞こえた、微かな声。優しく握り返された手。

思わず笑顔がこぼれた。

時は平安。人の凶兆が視《み》える「星詠み」という異能を持つ藤原《ふじわらの》宵子《しょうこ》は、その力のせいで家族から冷遇されていた。そんな宵子はある日、父親に東宮・彰胤《あきつぐ》への入内が決まったと告げられる。それはただの縁談ではなく、「東宮暗殺」の密命だった。噂では、冷酷で妃候補を追い返してばかりだと聞いていたが、実際の彰胤は真逆の人間。太陽のように優しい彰胤を救いたいけど、父親に認められるためには暗殺を遂行しなければ……板挟みになる宵子をよそに、暗殺計画は着々と進み——

◎定価:770円(10%税込み)　◎ISBN 978-4-434-35631-5　◎illustration:久賀フーナ

◉定価:本体770円(10%税込み)　◉イラスト:ヤマウチシズ　978-4-434-35633-9

俺の妻はたった一人だけ

文様を奪い、身に宿す特異な力を持つ世梨は、養家から戻された「いらない子」。世梨《せり》を愛してくれる人はおらず、生家では女中同然の扱いを受けていた。そんな彼女の心のよりどころは、愛してくれた亡き祖父が作った着物から奪った文様だけ。ある日、蒐集家《しゅうしゅうか》だという千後瀧紫水《ちごたきしすい》が郷戸家を訪れる。両親が躍起になって媚びる彼は、名家・千後瀧家の当主。——そして、龍神。妻を迎える気はなかったという紫水だが、自分の妻になる代わりに、売り払われた祖父の着物を取り戻すと世梨に持ちかけてきて……？　文様と想いが織りなす和風シンデレラストーリー！

定価：770円（10%税込）　ISBN：978-4-434-35141-9

イラスト：榊空也

この作品に対する皆様のご意見・ご感想をお待ちしております。

おハガキ・お手紙は以下の宛先にお送りください。

【宛先】

〒150-6019 東京都渋谷区恵比寿 4-20-3 恵比寿ｶﾞｰﾃﾞﾝﾌﾟﾚｲｽﾀﾜｰ 19F
（株）アルファポリス　書籍感想係

メールフォームでのご意見・ご感想は右のＱＲコードから、
あるいは以下のワードで検索をかけてください。

アルファポリス　書籍の感想　検索

ご感想はこちらから

アルファポリス文庫

後宮《こうきゅう》の偽花妃《ぎかひ》　国《くに》を追《お》われた巫女《みこ》見習《みなら》いは宦官《かんがん》になる

七柚カリン（なゆ かりん）

2025年 4月 25日初版発行

編　集－徳井文香・森 順子
編集長－倉持真理
発行者－梶本雄介
発行所－株式会社アルファポリス
〒150-6019 東京都渋谷区恵比寿4-20-3 恵比寿ｶﾞｰﾃﾞﾝﾌﾟﾚｲｽﾀﾜｰ19F
TEL 03-6277-1601（営業）　03-6277-1602（編集）
URL https://www.alphapolis.co.jp/
発売元－株式会社星雲社（共同出版社・流通責任出版社）
〒112-0005 東京都文京区水道1-3-30
TEL 03-3868-3275
装丁イラスト－きのこ姫
装丁デザイン－山内富江＋ベイブリッジ・スタジオ
印刷－中央精版印刷株式会社

価格はカバーに表示されてあります。

落丁乱丁の場合はアルファポリスまでご連絡ください。

送料は小社負担でお取り替えします。


ISBN978-4-434-35629-2 C0193